애니메이션
현대문학 단편집

애니메이션 현대문학 단편집

엮은이 연필로 명상하기
펴낸이 임상진
펴낸곳 (주)넥서스

초판1쇄 인쇄 2021년 9월 27일
초판1쇄 발행 2021년 10월 1일

출판신고 1992년 4월 3일 제311-2002-2호
10880 경기도 파주시 지목로 5
Tel (02)330-5500 Fax (02)330-5555

ISBN 979-11-6683-153-9 43810

www.nexusbook.com
&(앤드)는 (주)넥서스의 문학 브랜드입니다.

애니메이션
현대문학
단편집

연필로 명상하기 엮음

&

미래를 위한 아름다운 편지

"무섭고도 기막힌 밤이었다."
〈메밀꽃 필 무렵〉의 한 구절이다.

한국 단편문학을 애니메이션으로 만드는 일은
가히 무섭고도 기가 막힌 일이었다.

단편문학에 대한 한국인 머릿속의 형상은
각자의 기억과 사연과 함께 자리를 잡고 있어
누구 하나가 이미지를 만들어낼 수 없기 때문이기도 하다.

그동안 나는 할리우드와 일본 애니메이션이
자국의 언어와 이야기로 어른의 지성과 아이들의 감성에
깊은 영향을 주는 일을 지켜보았다.

한글로 쓰인 한국문학이 우리가 살아가는 땅과 정서를 담은
애니메이션이 되어 세계 곳곳에서 상영되고,

빠른 경제 성장으로 세대 간의 멀어진 고리들이
애니메이션으로 엮이었으면 하고
다른 나라의 창작자들에게도 영감을 주는 순간,

한국 단편문학이 제시할 수 있는 가치는
옛것으로의 복고가 아니라
미래를 위한 해석이 된다고 생각한다.

한국 단편문학 애니메이션은 관객에게 쓰는 나의 연애편지다.
커다랗게 비어 있는 한국 애니메이션의
한 구간을 정성스레 채우는 일이다.

연필로 명상하기
안재훈

차례

《 4 》
여는 글 • 미래를 위한 아름다운 편지

《 9 》
1장 〈소나기〉 • 황순원

《 53 》
2장 〈메밀꽃 필 무렵〉 • 이효석

《 87 》
3장 〈무녀도〉 • 김동리

《 149 》
4장 〈봄봄〉 • 김유정

《 191 》
5장 〈운수 좋은 날〉 • 현진건

황순원

소나기

“이 바보.”
조약돌이 날아왔다.
소년은 저도 모르게 벌떡 일어섰다.
단발머리를 나풀거리며 소녀가 막 달린다.
갈밭 사잇길로 들어섰다.
뒤에는 청량한 가을 햇살 아래 빛나는 갈꽃뿐.

소년은 개울가에서 소녀를 보자 곧 윤 초시[1]네 증손녀딸이라
는 걸 알 수 있었다. 소녀는 개울에다 손을 잠그고[2] 물장난을 하
고 있는 것이다. 서울서는 이런 개울물을 보지 못하기나 한 듯이.
　벌써 며칠째 소녀는 학교에서 돌아오는 길에 물장난이었다.
그런데 어제까지 개울 기슭에서 하더니, 오늘은 징검다리 한가
운데 앉아서 하고 있다.
　소년은 개울둑에 앉아버렸다. 소녀가 비키기를 기다리자는
것이다. 요행[3] 지나가는 사람이 있어 소녀가 길을 비켜주었다.

1 초시: 예전에, 한문을 좀 아는 유식한 양반을 높여 이르던 말.
2 잠그다: 물속에 물체를 넣거나 가라앉게 하다.
3 요행: 뜻밖에 얻는 행운.

다음 날은 좀 늦게 개울가로 나왔다.

이날은 소녀가 징검다리 한가운데 앉아 세수를 하고 있었다.
분홍 스웨터 소매를 걷어 올린 목덜미가 마냥 희었다.

한참 세수를 하고 나더니, 이번에는 물속을 빤히 들여다본
다. 얼굴이라도 비추어 보는 것이리라. 갑자기 물을 움켜낸다.
고기 새끼라도 지나가는 듯.

소녀는 소년이 개울둑에 앉아 있는 걸 아는지 모르는지 그냥
날쌔게 물만 움켜낸다. 그러나 번번이 허탕이다. 그대로 재미있
는 양, 자꾸 물을 움킨다. 어제처럼 개울을 건너는 사람이 있어

야 길을 비킬 모양이다.

그러다가 소녀가 물속에서 무엇을 하나 집어낸다. 하얀 조약
돌이었다. 그리고는 벌떡 일어나 팔짝팔짝 징검다리를 뛰어 건
너간다.

다 건너가더니만 홱 이리로 돌아서며,

"이 바보."

조약돌이 날아왔다.

소년은 저도 모르게 벌떡 일어섰다.

단발머리를 나풀거리며 소녀가 막 달린다. 갈밭 사잇길로 들

어섰다. 뒤에는 청량한 가을 햇살 아래 빛나는 갈꽃뿐.

이제 저쯤 갈밭머리⁴로 소녀가 나타나리라. 꽤 오랜 시간이 지났다고 생각됐다. 그런데도 소녀는 나타나지 않는다. 발돋움을 했다. 그러고도 상당한 시간이 지났다고 생각됐다.

저쪽 갈밭머리에 갈꽃이 한 옴큼 움직였다. 소녀가 갈꽃을 안고 있었다. 그리고 이제는 천천한 걸음이었다. 유난히 맑은 가을 햇살이 소녀의 갈꽃 머리에서 반짝거렸다. 소녀 아닌 갈꽃이 들길을 걸어가는 것만 같았다.

소년은 이 갈꽃이 아주 뵈지 않게 되기까지 그대로 서 있었다. 문득 소녀가 던진 조약돌을 내려다보았다. 물기가 걷혀 있었다. 소년은 조약돌을 집어 주머니에 넣었다.

다음 날부터 좀 더 늦게 개울가로 나왔다. 소녀의 그림자가 뵈지 않았다. 다행이었다.

그러나 이상한 일이었다. 소녀의 그림자가 뵈지 않는 날이 계속될수록 소년의 가슴 한구석에는 어딘가 허전함이 자리 잡는 것이었다. 주머니 속 조약돌을 주무르는 버릇이 생겼다.

그러한 어떤 날, 소년은 전에 소녀가 앉아 물장난을 하던 징검다리 한가운데에 앉아보았다. 물속에 손을 잠갔다. 세수를 하였다. 물속을 들여다보았다. 검게 탄 얼굴이 그대로 비치었다.

4 갈밭머리: 갈대밭 근처. 특히 출입이 잦은 입구 쪽을 이른다.

싫었다.

소년은 두 손으로 물속의 얼굴을 움키었다. 몇 번이고 움키었
다. 그러다가 깜짝 놀라 일어나고 말았다. 소녀가 이리로 건너
오고 있지 않느냐.

'숨어서 내 하는 꼴을 엿보고 있었구나.' 소년은 달리기 시작
했다. 디딤돌을 헛짚었다. 한 발이 물속에 빠졌다. 더 달렸다.

몸을 가릴 데가 있어 줬으면 좋겠다. 이쪽 길에는 갈밭도 없
다. 메밀밭이다. 전에 없이 메밀꽃 냄새가 짜릿하게 코를 찌른
다고 생각됐다. 미간이 아찔했다. 찝찔한 액체가 입술에 흘러들
었다. 코피였다. 소년은 한 손으로 코피를 훔쳐내면서 그냥 달
렸다. 어디선가 '바보, 바보' 하는 소리가 자꾸만 뒤따라오는 것

같았다.

토요일이었다.

개울가에 이르니, 며칠째 보이지 않던 소녀가 건너편 가에 앉아 물장난을 하고 있었다. 모르는 체 징검다리를 건너기 시작했다. 얼마 전에 소녀 앞에서 한번 실수를 했을 뿐, 여태 큰길 가듯이 건너던 징검다리를 오늘은 조심스럽게 건넌다.

"애."

못 들은 체했다. 둑 위로 올라섰다.

"애, 이게 무슨 조개지?"

자기도 모르게 돌아섰다. 소녀의 맑고 검은 눈과 마주쳤다. 얼른 소녀의 손바닥으로 눈을 떨구었다.

"비단조개."

"이름도 참 곱다."

갈림길에 왔다. 여기서 소녀는 아래편으로 한 삼 마장[5]쯤, 소년은 우대[6]로 한 십 리 가까운 길을 가야 한다.

소녀가 걸음을 멈추며,

"너, 저 산 너머에 가본 일 있니?"

벌[7] 끝을 가리켰다.

---

5 마장: 거리의 단위. 오 리나 십 리가 못 되는 거리를 이를 때, '리' 대신 쓰인다.
6 우대: 위쪽.
7 벌: 넓고 평평하게 생긴 땅.

"없다."

"우리, 가보지 않으련? 시골 오니까 혼자서 심심해 못 견디겠다."

"저래 봬도 멀다."

"멀면 얼마나 멀기에? 서울 있을 땐 사뭇 먼 데까지 소풍 갔었다."

소녀의 눈이 금세 '바보, 바보' 할 것만 같았다.

논 사잇길로 들어섰다. 벼 가을걷이하는 곁을 지났다.

허수아비가 서 있었다. 소년이 새끼줄을 흔들었다. 참새가 몇 마리 날아간다. '참, 오늘은 일찍 집으로 돌아가 텃논⁸의 참새를 봐야 할걸' 하는 생각이 든다.

"야, 재밌다!"

소녀가 허수아비 줄을 잡더니 흔들어댄다. 허수아비가 대고⁹ 우쭐거리며 춤을 춘다. 소녀의 왼쪽 볼에 살포시 보조개가 패었다.

저만큼 허수아비가 또 서 있다. 소녀가 그리로 달려간다. 그 뒤를 소년도 달렸다. 오늘 같은 날은 일찍 집으로 돌아가 집안일을 도와야 한다는 생각을 잊어버리기라도 하려는 듯이.

소녀의 곁을 스쳐 그냥 달린다. 메뚜기가 따끔따끔 얼굴에 와 부딪친다. 쪽빛으로 한껏 갠 가을 하늘이 소년의 눈앞에서 맴을 돈다. 어지럽다. 저놈의 독수리, 저놈의 독수리, 저놈의 독수리가 맴을 돌고 있기 때문이다.

돌아다보니, 소녀는 지금 자기가 지나쳐온 허수아비를 흔들고 있다. 좀 전 허수아비보다 더 우쭐거린다.

논이 끝난 곳에 도랑이 하나 있었다. 소녀가 먼저 뛰어 건넜다.

거기서부터 산 밑까지는 밭이었다.

수숫단을 세워놓은 밭머리를 지났다.

"저게 뭐니?"

8 텃논: 집터에 딸리거나 마을 가까이 있는 논.
9 대고: 무리하게 자꾸. 또는 계속하여 자꾸.

"원두막."

"여기 참외, 맛있니?"

"그럼, 참외 맛도 좋지만 수박 맛은 더 좋다."

"하나 먹어봤으면."

소년이 참외 그루[10]에 심은 무 밭으로 들어가, 무 두 밑을 뽑아 왔다. 아직 밑이 덜 들어 있었다. 잎을 비틀어 팽개친 후, 소녀에게 한 개 건넨다. 그러고는 이렇게 먹어야 한다는 듯이, 먼

10 그루: 작물을 심어 기르고 거둔 자리.

저 대강이[11]를 한 입 베 물어낸 다음, 손톱으로 한 돌이[12] 껍질을
벗겨 우적 깨문다.

소녀도 따라 했다. 그러나 세 입도 못 먹고,

"아, 맵고 지려."

하며 집어 던지고 만다.

"참, 맛없어 못 먹겠다."

소년이 더 멀리 팽개쳐버렸다.

산이 가까워졌다.

11 대강이: '머리'를 속되게 이르는 말.
12 돌이: 무엇을 둘레로 한 바퀴 돌아가거나 감긴 것을 세는 단위.

단풍이 눈에 따가웠다.

"야아!"

소녀가 산을 향해 달려갔다. 이번은 소년이 뒤따라 달리지 않
았다. 그러고도 곧 소녀보다 더 많은 꽃을 꺾었다.

"이게 들국화, 이게 싸리꽃, 이게 도라지꽃……."

"도라지꽃이 이렇게 예쁜 줄은 몰랐네. 난 보랏빛이 좋아!
…… 그런데 이 양산 같이 생긴 노란 꽃이 뭐지?"

"마타리꽃."

소녀는 마타리꽃을 양산 받듯이 해 보인다. 약간 상기된 얼굴
에 살포시 보조개를 떠올리며.

　다시 소년은 꽃 한 옴큼을 꺾어 왔다. 싱싱한 꽃가지만 골라 소녀에게 건넨다.

　그러나 소녀는

　"하나도 버리지 마라."

　산마루께로 올라갔다.

　맞은편 골짜기에 오순도순 초가집이 몇 모여 있었다.

　누가 말한 것도 아닌데, 바위에 나란히 걸터앉았다. 유달리 주위가 조용해진 것 같았다. 따가운 가을 햇살만이 말라가는 풀 냄새를 퍼뜨리고 있었다.

　"저건 또 무슨 꽃이지?"

적잖이 비탈진 곳에 칡덩굴이 엉키어 꽃을 달고 있었다.

"꼭 등꽃 같네. 서울 우리 학교에 큰 등나무가 있었단다. 저 꽃을 보니까 등나무 밑에서 놀던 동무들 생각이 난다."

소녀가 조용히 일어나 비탈진 곳으로 간다. 꽃송이가 많이 달린 줄기를 잡고 끊기 시작한다. 좀처럼 끊어지지 않는다. 안간힘을 쓰다가 그만 미끄러지고 만다. 칡덩굴을 그러쥐었다.

소년이 놀라 달려갔다. 소녀가 손을 내밀었다. 손을 잡아 이끌어 올리며, 소년은 제가 꺾어다 줄 것을 잘못했다고 뉘우친다. 소녀의 오른쪽 무릎에 핏방울이 내맺혔다. 소년은 저도 모르게 생채기에 입술을 가져다 대고 빨기 시작했다. 그러다가 무

슨 생각을 했는지 홱 일어나 저쪽으로 달려간다.

좀 만에 숨이 차 돌아온 소년은

"이걸 바르면 낫는다."

송진을 생채기에다 문질러 바르고는 그 달음으로 칡덩굴 있는 데로 내려가, 꽃 많이 달린 몇 줄기를 이빨로 끊어가지고 올라온다. 그러고는,

"저기 송아지가 있다. 그리 가보자."

누렁송아지였다. 아직 코뚜레도 꿰지 않았다.

소년이 고삐를 바투[13] 잡아 쥐고 등을 긁어주는 체 훌쩍 올라탔다. 송아지가 껑충거리며 돌아간다.

소녀의 흰 얼굴이, 분홍 스웨터가, 남색 스커트가, 안고 있는 꽃과 함께 범벅이 된다. 모두가 하나의 큰 꽃묶음 같다. 어지럽다. 그러나 내리지 않으리라. 자랑스러웠다. 이것만은 소녀가 흉내 내지 못할, 자기 혼자만이 할 수 있는 일인 것이다.

"너희, 예서 뭣들 하느냐?"

농부 하나가 억새풀 사이로 올라왔다.

송아지 등에서 뛰어내렸다. 어린 송아지를 타서 허리가 상하면 어쩌느냐고 꾸지람을 들을 것만 같다.

그런데 나룻[14]이 긴 농부는 소녀 편을 한번 훑어보고는 그저

13 바투: 두 대상이나 물체의 사이가 썩 가깝게.
14 나룻: 성숙한 남자의 입 주변이나 턱 또는 뺨에 나는 털.

송아지 고삐를 풀어내면서,

"어서들 집으로 가거라. 소나기가 올라."

참, 먹장구름[15] 한 장이 머리 위에 와 있다. 갑자기 사면이 소란스러워진 것 같다. 바람이 우수수 소리를 내며 지나간다. 삽시간에 주위가 보랏빛으로 변했다.

산을 내려오는데, 떡갈나무 잎에서 빗방울 듣는[16] 소리가 난다. 굵은 빗방울이었다. 목덜미가 선뜻선뜻했다. 그러자 대번에 눈앞을 가로막는 빗줄기.

15 먹장구름: 먹빛같이 시꺼먼 구름.
16 듣다: 눈물, 빗물 따위의 액체가 방울져 떨어지다.

비안개 속에 원두막이 보였다. 그리로 가 비를 그을[17] 수밖에.

그러나 원두막은 기둥이 기울고 지붕도 갈래갈래 찢어져 있었다. 그런대로 비가 덜 새는 곳을 가려 소녀를 들어서게 했다. 소녀의 입술이 파랗게 질렸다. 어깨를 자꾸 떨었다.

무명 겹저고리를 벗어 소녀의 어깨를 싸주었다. 소녀는 비에 젖은 눈을 들어 한번 쳐다보았을 뿐, 소년이 하는 대로 잠자코 있었다. 그러고는 안고 온 꽃묶음 속에서 가지가 꺾이고 꽃이 일그러진 송이를 골라 발밑에 버린다.

소녀가 들어선 곳도 비가 새기 시작했다. 더 거기서 비를 그을 수 없었다.

밖을 내다보던 소년이 무엇을 생각했는지 수수밭 쪽으로 달려간다. 세워놓은 수숫단 속을 비집어 보더니, 옆의 수숫단을

17 굿다: 비를 잠시 피하여 그치기를 기다리다.

날라다 덧세운다. 다시 속을 비집어 본다. 그러고는 소녀 쪽을 향해 손짓을 한다.

수숫단 속은 비는 안 새었다. 그저 어둡고 좁은 게 안됐다. 앞에 나앉은 소년은 그냥 비를 맞아야만 했다. 그런 소년의 어깨에서 김이 올랐다.

소녀가 속삭이듯이 이리 들어와 앉으라고 했다. 괜찮다고 했다. 소녀가 다시 들어와 앉으라고 했다. 할 수 없이 뒷걸음질을 쳤다. 그 바람에, 소녀가 안고 있는 꽃묶음이 망그러졌다. 그러나 소녀는 상관없다고 생각했다. 비에 젖은 소년의 몸 내음새가 확 코에 끼얹혀졌다. 그러나 고개를 돌리지 않았다. 도리어 소년의 몸기운으로 해서 떨리던 몸이 적이 누그러지는 느낌이었다.

소란하던 수숫잎 소리가 뚝 그쳤다. 밖이 멀게졌다.

　수숫단 속을 벗어 나왔다. 멀지 않은 앞쪽에 햇빛이 눈부시
게 내리붓고 있었다. 도랑 있는 곳까지 와보니 엄청나게 물이
불어 있었다. 빛마저 제법 붉은 흙탕물이었다. 뛰어 건널 수가
없었다.

　소년이 등을 돌려 댔다. 소녀가 순순히 업히었다. 걷어 올린
소년의 잠방이[18]까지 물이 올라왔다. 소녀는 "어머나!" 소리를
지르며 소년의 목을 끌어안았다.

　개울가에 다다르기 전에, 가을 하늘이 언제 그랬는가 싶게 구
름 한 점 없이 쪽빛으로 개어 있었다.

18 잠방이: 가랑이가 무릎까지 내려오도록 짧게 만든 홑바지.

그 뒤로 소녀의 모습은 뵈지 않았다. 다음 날도, 다음 날도. 매일같이 개울가로 달려와봐도 뵈지 않았다.

학교에서 쉬는 시간에 운동장을 살피기도 했다. 남몰래 5학년 여자 반을 엿보기도 했다. 그러나 뵈지 않았다.

그날도 소년은 주머니 속 흰 조약돌만 만지작거리며 개울가로 나왔다. 그랬더니 이쪽 개울둑에 소녀가 앉아 있는 게 아닌가.

소년은 가슴부터 두근거렸다.

"그동안 앓았다."

어쩐지 소녀의 얼굴이 해쓱해져 있었다.

"그날, 소나기 맞은 것 땜에?"

소녀가 가만히 고개를 끄덕이었다.

"인제 다 났냐?"

"아직도……."

"그럼, 누워 있어야지."

"하도 갑갑해서 나왔다. ……그날 참 재밌었어. ……그런데 그날 어디서 이런 물이 들었는지 잘 지지 않는다."

소녀가 분홍 스웨터 앞자락을 내려다본다. 거기에 검붉은 진흙물 같은 게 들어 있었다.

소녀가 가만히 보조개를 떠올리며,

"그래 이게 무슨 물 같니?"

소년은 스웨터 앞자락만 바라보고 있었다.

"내, 생각해냈다. 그날 도랑을 건너면서 내가 업힌 일이 있지? 그때, 네 등에서 옮은 물이다."

소년은 얼굴이 확 달아오름을 느꼈다.

갈림길에서 소녀는

"저, 오늘 아침에 우리 집에서 대추를 땄다. 낼 제사 지내려고……."

대추 한 줌을 내준다. 소년은 주춤한다.

"맛봐라. 우리 증조할아버지가 심었다는데, 아주 달다."

소년은 두 손을 오그려 내밀며,

"참, 알도 굵다!"

"그리고 저, 우리 이번에 제사 지내고 나서 좀 있다 집을 내주

게 됐다."

소년은 소녀네가 이사해 오기 전에 벌써 어른들의 이야기를 들어서, 윤 초시 손자가 서울서 사업에 실패해가지고 고향에 돌아오지 않을 수 없게 되었다는 걸 알고 있었다. 그것이 이번에는 고향 집마저 남의 손에 넘기게 된 모양이었다.

"왜 그런지 난 이사 가는 게 싫어졌다. 어른들이 하는 일이니 어쩔 수 없지만……."

전에 없이, 소녀의 까만 눈에 쓸쓸한 빛이 떠돌았다.

소녀와 헤어져 돌아오는 길에, 소년은 혼잣속으로 소녀가 이사를 간다는 말을 수없이 되뇌어보았다. 무어 그리 안타까울 것도 서러울 것도 없었다. 그렇건만 소년은 지금 자기가 씹고 있는 대추알의 단맛을 모르고 있었다.

이날 밤, 소년은 몰래 덕쇠 할아버지네 호두 밭으로 갔다.

낮에 봐두었던 나무로 올라갔다. 그리고 봐두었던 가지를 향해 작대기를 내리쳤다. 호두 송이 떨어지는 소리가 별나게 크게 들렸다. 가슴이 선뜩했다. 그러나 다음 순간, 굵은 호두야 많이 떨어져라, 많이 떨어져라, 저도 모를 힘에 이끌려 마구 작대기를 내리치는 것이었다.

돌아오는 길에는 열이틀 달이 지우는 그늘만 골라 디뎠다. 그늘의 고마움을 처음 느꼈다.

불룩한 주머니를 어루만졌다. 호두 송이를 맨손으로 깠다가

는 옴[19]이 오르기 쉽다는 말 같은 건 아무렇지도 않았다. 그저 근동[20]에서 제일가는 이 덕쇠 할아버지네 호두를 어서 소녀에게 맛보여야 한다는 생각만이 앞섰다.

그러다 '아차' 하는 생각이 들었다. 소녀더러 병이 좀 낫거들랑 이사 가기 전에 한번 개울가로 나와달라는 말을 못 해둔 것이었다. 바보 같은 것, 바보 같은 것.

이튿날 소년이 학교에서 돌아오니, 아버지가 나들이옷으로 갈아입고 닭 한 마리를 안고 있었다.

어디 가시느냐고 물었다.

19 옴: 호두옴. 호두의 진이 살에 묻었을 때 그 독 때문에 생기는 피부병.
20 근동: 가까운 이웃 동네.

그 말에도 대꾸도 없이, 아버지는 안고 있는 닭의 무게를 겨냥해보면서,

"이만하면 될까?"

어머니가 망태기를 내주며,

"벌써 며칠째 '걀걀' 하고 알 날 자리를 보던데요. 크진 않아도 살은 쪘을 거예요."

소년이 이번에는 어머니한테 아버지가 어디 가시느냐고 물어보았다.

"저, 서당골 윤 초시 댁에 가신다. 제사상에라도 놓으시라고……."

"그럼, 큰 놈으로 하나 가져가지. 저 얼룩 수탉으로……."

이 말에 아버지는 허허 웃고 나서,

"인마, 그래도 이게 실속이 있다."

소년은 공연히 열적어[21], 책보를 집어던지고는 외양간으로 가, 소 잔등을 한 번 철썩 갈겼다. 쇠파리라도 잡는 체.

개울물은 날로 여물어갔다.

소년은 갈림길에서 아래쪽으로 가보았다. 갈밭머리에서 바라보는 서당골 마을은 쪽빛 하늘 아래 한결 가까워 보였다.

어른들의 말이, 내일 소녀네가 양평읍으로 이사 간다는 것이

---

21 열적다: '열없다(좀 겸연쩍고 부끄럽다.)'의 잘못.

었다. 거기 가서는 조그마한 가겟방을 보게 되리라는 것이었다.

소년은 저도 모르게 주머니 속 호두알을 만지작거리며, 한 손으로는 수없이 갈꽃을 휘어 꺾고 있었다.

그날 밤, 소년은 자리에 누워서도 같은 생각뿐이었다. 내일 소녀네가 이사하는 걸 가보나 어쩌나. 가면 소녀를 보게 될까 어떨까.

그러다가 까무룩 잠이 들었는가 하는데,

"허, 참 세상일도……."

마을 갔던 아버지가 언제 돌아왔는지,

"윤 초시 댁도 말이 아니야. 그 많던 전답[22]을 다 팔아버리고,

22 전답: 논과 밭을 아울러 이르는 말.

대대로 살아오던 집마저 남의 손에 넘기더니, 또 악상[23]까지 당하는 걸 보면…… ."

　남폿불 밑에서 바느질감을 안고 있던 어머니가,

　"증손이라곤 계집애 그 애 하나뿐이었지요?"

　"그렇지, 사내애 둘 있던 건 어려서 잃어버리고…… ."

　"어쩌면 그렇게 자식 복이 없을까."

　"글쎄 말이지. 이번 앤 꽤 여러 날 앓는 걸 약도 변변히 못 써 봤다더군. 지금 같아서는 윤 초시네도 대가 끊긴 셈이지. ……

23 악상: 수명을 다 누리지 못하고 젊어서 죽은 사람의 상사. 흔히 젊어서 부모보다
　먼저 자식이 죽는 경우를 이른다.

그런데 참, 이번 계집앤 어린것이 여간 잔망스럽지[24]가 않아. 글쎄, 죽기 전에 이런 말을 했다지 않아? 자기가 죽거든 자기 입던 옷을 꼭 그대로 입혀서 묻어달라고…….”

24 잔망스럽다: 얄밉도록 맹랑한 데가 있다.

이효석

메밀꽃 필 무렵

밤중을 지난 무렵인지
죽은 듯이 고요한 속에서
짐승 같은 달의 숨소리가 손에 잡힐 듯이 들리며,
콩 포기와 옥수수 잎새가 한층 달에 푸르게 젖었다.
산허리는 온통 메밀밭이어서
피기 시작한 꽃이 소금을 뿌린 듯이
흐뭇한 달빛에 숨이 막힐 지경이다.

여름 장이란 애시당초에 글러서 해는 아직 중천에 있건만 장판은 벌써 쓸쓸하고 더운 햇발이 벌어놓은 전 휘장 밑으로 등줄기를 훅훅 볶는다. 마을 사람들은 거지반 돌아간 뒤요, 팔리지 못한 나무꾼 패가 길거리에 궁싯거리고[1]들 있으나 석유 병이나 받고 고기 마리나 사면 족할 이 축들을 바라고 언제까지든지 버티고 있을 법은 없다. 촙촙스럽게 날아드는 파리 떼도 장난꾼 각다귀[2]들도 귀찮다. 얼금뱅이요 왼손잡이인 드팀전[3]의 허 생원은 기어이 동업의 조 선달을 낚아보았다.

1 궁싯거리다: 잠이 오지 아니하여 누워서 몸을 이리저리 뒤척거리다.
2 각다귀: 남의 것을 뜯어먹고 사는 사람을 비유적으로 이르는 말.
3 드팀전: 예전에, 온갖 피륙을 팔던 가게.

"그만 걷을까?"

"잘 생각했네. 봉평장에서 한 번이나 흐붓하게 사본[4] 일 있었을까. 내일 대화장에서나 한몫 벌어야겠네."

"오늘 밤은 밤을 새서 걸어야 될걸."

"달이 뜨렷다."

절렁절렁 소리를 내며 조 선달이 그날 산 돈을 따지는 것을 보고 허 생원은 말뚝에서 넓은 휘장을 걷고 벌여놓았던 물건을 거두기 시작하였다. 무명필과 주단 바리가 두 고리짝에 꼭 찼다. 멍석 위에는 천 조각이 어수선하게 남았다.

---

4 흐붓하게 사보다: 흡족하게 팔아보다.

다른 축들도 벌써 거진 전들을 걷고 있었다. 약빠르게 떠나는 패도 있었다. 어물 장수도 땜장이도 엿장수도 생강장수도 꼴들이 보이지 않았다. 내일은 진부와 대화에 장이 선다. 축들은 그 어느 쪽으로든지 밤을 새며 육칠십 리 밤길을 타박거리지 않으면 안 된다. 장판은 잔치 뒷마당같이 어수선하게 벌어지고 술집에는 싸움이 터져 있었다. 주정꾼 욕지거리에 섞여 계집의 앙칼진 목소리가 찢어졌다. 장날 저녁은 정해놓고 계집의 고함 소리가 시작되는 것이다.

"생원, 시침을 떼두 다 아네……. 충줏집 말야."

계집 목소리로 문득 생각난 듯이 조 선달은 비죽이 웃는다.

"화중지병[5]이지. 연소 패들을 적수로 하구야 대거리가 돼야 말이지."

"그렇지두 않을걸. 축들이 사족을 못 쓰는 것두 사실은 사실

5 화중지병(畫中之餠): 그림의 떡.

이나, 아무리 그렇다군 해두 왜 그 동이 말일세. 감쪽같이 충줏
집을 후린 눈치거든."

"무어 그 애숭이가? 물건 가지구 낚았나 부지. 착실한 녀석인
줄 알았더니."

"그 길만은 알 수 있나……. 궁리 말구 가 보세나그려. 내 한
턱 씀세."

그다지 마음이 당기지 않는 것을 쫓아갔다. 허 생원은 계집과
는 연분이 멀었다. 얼금뱅이 상판을 쳐들고 대어 설 숫기도 없었
으나 계집 편에서 정을 보낸 적도 없었고 쓸쓸하고 뒤틀린 반생
이었다. 충줏집을 생각만 하여도 철없이 얼굴이 붉어지고 발밑
이 떨리고 그 자리에 소스라쳐버린다. 충줏집 문을 들어서서 술
좌석에서 짜장⁶ 동이를 만났을 때에는 어찌 된 서슬엔지 발끈 화
가 나버렸다. 상 위에 붉은 얼굴을 쳐들고 제법 계집과 농탕치는
것을 보고서야 견딜 수 없었던 것이다. 녀석이 제법 난질꾼⁷인
데 꼴사납다. 머리에 피도 안 마른 녀석이 낮부터 술 처먹고 계
집과 농탕이야. 장돌뱅이 망신만 시키고 돌아다니누나. 그 꼴에
우리들과 한몫 보자는 셈이지. 동이 앞에 막아서면서부터 책망
이었다. 걱정두 팔자요 하는 듯이 빤히 쳐다보는 상기된 눈망울
에 부딪칠 때 결김⁸에 따귀를 하나 갈겨주지 않고는 배길 수 없

6 짜장: 과연 정말로.
7 난질꾼: 술과 색에 빠져 방탕하게 놀기를 잘하는 사람을 낮잡아 이르는 말.
8 결김: 화가 난 나머지.

었다. 동이도 화를 쓰고 팩하고 일어서기는 하였으나 허 생원은
조금도 동색하는 법 없이 마음먹은 대로는 다 지껄였다. 어디서
줏어먹은 선머슴인지는 모르겠으나 네게도 아비 어미 있겠지.
그 사나운 꼴 보면 맘 좋겠다. 장사란 탐탁하게 해야 되지. 계집
이 다 무어야. 나가거라 냉큼 꼴 치워.

　　그러나 한마디도 대거리하지 않고 하염없이 나가는 꼴을 보
려니 도리어 측은히 여겨졌다. 아직도 서름서름한⁹ 사인데 너
무 과하지 않았을까 하고 마음이 섬짓¹⁰해졌다. 주제도 넘지 같
은 술손님이면서두 아무리 젊다고 자식 낳게 되는 것을 붙들고
치고 닦아셀¹¹ 것은 무어야 원. 충줏집은 입술을 쫑긋하고 술 붓

9　서름서름하다: 사이가 자연스럽지 못하고 매우 서먹서먹하다.
10　섬짓: '섬뜩'의 잘못.
11　닦아세우다: 꼼짝 못 하게 휘몰아 나무라다.

는 솜씨도 거칠었으나, 젊은 애들한테는 그것이 약이 된다나 하고 그 자리는 조 선달이 얼버무려 넘겼다. 너 녀석한테 반했지? 애숭이를 빨면 죄 된다. 한참 법석을 친 후이다. 담도 생긴 데다가 웬일인지 흠뻑 취해보고 싶은 생각도 있어서 허 생원은 주는 술잔이면 거의 다 들이켰다. 거나해짐을 따라 계집 생각보다도 동이의 뒷일이 궁금해졌다. 내 꼴에 계집을 가로채서는 어떡할 작정이었누 하고 어리석은 꼬락서니를 모질게 책망하는 마음도 한편에 있었다. 그러기 때문에 얼마나 지난 뒤인지 동이가 헐레벌떡이며 황급히 부르러 왔을 때에는 마시던 잔을 그 자리에 던지고 정신없이 허덕이며 충줏집을 뛰어나간 것이었다.

"생원 당나귀가 바[12]를 끊구 야단이에요."

"각다귀들 장난이지 필연코."

짐승도 짐승이려니와 동이의 마음씨가 가슴을 울렸다. 뒤를 따라 장판을 달음질하려니 거슴츠레한 눈이 뜨거워질 것 같다.

"부락스런[13] 녀석들이라 어쩌는 수 있어야죠."

"나귀를 몹시 구는 녀석들은 그냥 두지는 않는걸."

반평생을 같이 지내온 짐승이었다. 같은 주막에서 잠자고, 같은 달빛에 젖으면서 장에서 장으로 걸어 다니는 동안에 이십 년의 세월이 사람과 짐승을 함께 늙게 하였다. 까스러진 목뒤털

12 바: 삼이나 칡 따위로 세 가닥을 지어 굵다랗게 드린 줄.
13 부락스럽다: 거친 데가 있다.

은 주인의 머리털과도 같이 바스러지고, 개진개진 젖은 눈은 주인의 눈과 같이 눈곱을 흘렸다. 몽당비처럼 짧게 쓸리운 꼬리는 파리를 쫓으려고 기껏 휘저어 보아야 벌써 다리까지는 닿지 않았다. 닳아 없어진 굽을 몇 번이나 도려내고 새 철을 신겼는지 모른다. 굽은 벌써 더 자라나기는 틀렸고 닳아버린 철 사이로는 피가 빼짓이 흘렀다. 냄새만 맡고도 주인을 분간하였다. 호소하는 목소리로 야단스럽게 울며 반겨한다.

어린아이를 달래듯이 목덜미를 어루만져주니 나귀는 코를 벌름거리고 입을 투르르거렸다. 콧물이 튀었다. 허 생원은 짐승 때문에 속도 무던히는 썩였다. 아이들의 장난이 심한 눈치여서 땀 배인 몸뚱어리가 부들부들 떨리고 좀체 흥분이 식지 않는 모양이었다. 굴레가 벗어지고 안장도 떨어졌다. 요 몹쓸 자식들,

하고 허 생원은 호령을 하였으나 패들은 벌써 줄행랑을 논 뒤요,
몇 남지 않은 아이들이 호령에 놀라 비슬비슬 멀어졌다.

"우리들 장난이 아니우. 암놈을 보고 저 혼자 발광이지."

코흘리개 한 녀석이 멀리서 소리를 쳤다.

"고 녀석 말투가."

"김 첨지 당나귀가 가 버리니까 온통 흙을 차고 거품을 흘리
면서 미친 소같이 날뛰는걸. 꼴이 우스워 우리는 보고만 있었다
우. 배를 좀 보지."

아이는 앵돌아진[14] 투로 소리를 치며 깔깔 웃었다. 허 생원은
모르는 결에 낯이 뜨거워졌다. 뭇시선을 막으려고 그는 짐승의
배 앞을 가려 서지 않으면 안 되었다.

14 앵돌아지다: 노여워서 토라지다.

"늙은 주제에 암샘을 내는 셈야. 저놈의 짐승이."

아이의 웃음소리에 허 생원은 주춤하면서도 기어이 견딜 수 없어 채찍을 들더니 아이를 쫓았다.

"쫓으려거든 쫓아보지. 왼손잡이가 사람을 때려."

줄달음에 달아나는 각다귀에는 당하는 재주가 없었다. 왼손잡이는 아이 하나도 후릴 수 없다. 그만 채찍을 던졌다. 술기가 돌아 몸이 유난스럽게 화끈거렸다.

"그만 떠나세. 녀석들과 어울리다가는 한이 없어. 장판의 각다귀들이란 어른보다도 더 무서운 것들인걸."

조 선달과 동이는 각각 제 나귀에 안장을 얹고 짐을 싣기 시작하였다. 해가 꽤 많이 기울어진 모양이었다.

드팀전 장돌림을 시작한 지 이십 년이나 되어도 허 생원은 봉평장을 빼논 적은 드물었다. 충주, 제천 등의 이웃 군에도 가고, 멀리 영남 지방도 헤매기는 하였으나 강릉쯤에 물건 하러 가는 외에는 처음부터 끝까지 군내를 돌아다녔다. 닷새만큼씩의 장날에는 달보다도 확실하게 면에서 면으로 건너간다. 고향이 청주라고 자랑삼아 말하였으나 고향에 돌보러 간 일도 있는 것 같지는 않았다. 장에서 장으로 가는 길의 아름다운 강산이 그대로 그에게는 그리운 고향이었다. 반날 동안이나 뚜벅뚜벅 걷고 장터 있는 마을에 거지반 가까웠을 때, 거친 나귀가 한바탕 우렁차게 울면, 더구나 그것이 저녁녘이어서 등불들이 어둠 속에 깜박

거릴 무렵이면, 늘 당하는 것이건만 허 생원은 변하지 않고 언제든지 가슴이 뛰놀았다.

젊은 시절에는 알뜰하게 벌어 돈푼이나 모아본 적도 있기는 있었으나, 읍내에 백중[15]이 열린 해 호탕스럽게 놀고 투전을 하고 하여 사흘 동안에 다 털어버렸다. 나귀까지 팔게 된 판이었으나 애끊는 정분에 그것만은 이를 물고 단념하였다. 결국 도로아미타불로 장돌림을 다시 시작할 수밖에는 없었다. 짐승을 데리고 읍내를 도망해 나왔을 때에는 너를 팔지 않기 다행이었다고 길가에서 울면서 짐승의 등을 어루만졌던 것이었다. 빚을 지기

15 백중(百中): 음력 칠월 보름. 승려들이 재(齋)를 설(設)하여 부처를 공양하는 날로, 큰 명절을 삼았다.

시작하니 재산을 모을 염은 당초에 틀리고 간신히 입에 풀칠을 하러 장에서 장으로 돌아다니게 되었다.

호탕스럽게 놀았다고는 하여도 계집 하나 후려보지는 못하였다. 계집이란 쌀쌀하고 매정한 것이었다. 평생 인연이 없는 것이라고 신세가 서글퍼졌다. 일신에 가까운 것이라고는 언제나 변함없는 한 필의 당나귀었다.

그렇다고는 하여도 꼭 한 번의 첫 일을 잊을 수는 없었다. 뒤에도 처음에도 없는 단 한 번의 괴이한 인연. 봉평에 다니기 시작한 젊은 시절의 일이었으나 그것을 생각할 적만은 그도 산 보람을 느꼈다.

"달밤이었으나 어떻게 해서 그렇게 됐는지 지금 생각해도 도

무지 알 수 없어."

허 생원은 오늘 밤도 또 그 이야기를 끄집어내려는 것이다. 조 선달은 친구가 된 이래 귀에 못이 박히도록 들어왔다. 그렇다고 싫증을 낼 수도 없었으나 허 생원은 시침을 떼고 되풀이할 대로는 되풀이하고야 말았다.

"달밤에는 그런 이야기가 격에 맞거든."

조 선달 편을 바라는 보았으나 물론 미안해서가 아니라 달빛에 감동하여서였다. 이지러는 졌으나 보름을 갓 지난 달은 부드러운 빛을 흐뭇이 흘리고 있다. 대화까지는 칠십 리의 밤길, 고개를 둘이나 넘고 개울을 하나 건너고 벌판과 산길을 걸어야 된다. 길은 지금 긴 산허리에 걸려 있다. 밤중을 지난 무렵인지 죽은 듯이 고요한 속에서 짐승 같은 달의 숨소리가 손에 잡힐 듯이 들리며, 콩 포기와 옥수수 잎새가 한층 달에 푸르게 젖었다. 산허리는 온통 메밀밭이어서 피기 시작한 꽃이 소금을 뿌린 듯이 흐뭇한 달빛에 숨이 막힐 지경이다. 붉은 대궁이 향기같이 애잔하고 나귀들의 걸음도 시원하다. 길이 좁은 까닭에 세 사람은 나귀를 타고 외줄로 늘어섰다. 방울 소리가 시원스럽게 딸랑딸랑 메밀밭께로 흘러간다. 앞장선 허 생원의 이야기 소리는 꽁무니에 선 동이에게는 확적히[16]는 안 들렸으나, 그는 그대로 개운한 제멋에 적적하지는 않았다.

16 확적히: 정확하게 맞아 조금도 틀리지 아니하게.

"장 선 꼭 이런 날 밤이었네. 객줏집 토방이란 무더워서 잠이 들어야지. 밤중은 돼서 혼자 일어나 개울가에 목욕하러 나갔지. 봉평은 지금이나 그제나 마찬가지나 보이는 곳마다 메밀밭이어서 개울가가 어디 없이 하얀 꽃이야. 돌밭에 벗어도 좋을 것을 달이 너무나 밝은 까닭에 옷을 벗으러 물방앗간으로 들어가지 않았나. 이상한 일도 많지. 거기서 난데없는 성 서방네 처녀와 마주쳤단 말이네. 봉평서야 제일가는 일색이었지."

"팔자에 있었나 부지."

아무렴 하고 응답하면서 말머리를 아끼는 듯이 한참이나 담배를 빨 뿐이었다. 구수한 자줏빛 연기가 밤기운 속에 흘러서는 녹았다.

"날 기다린 것은 아니었으나 그렇다고 달리 기다리는 놈팽이

가 있는 것두 아니었네. 처녀는 울고 있단 말야. 짐작은 대고 있
었으나 성 서방네는 한창 어려워서 들고날 판인 때였지. 한집안
일이니 딸에겐들 걱정이 없을 리 있겠나? 좋은 데만 있으면 시
집도 보내련만 시집은 죽어도 싫다지. 그러나 처녀란 울 때같이
정을 끄는 때가 있을까. 처음에는 놀라기도 한 눈치였으나 걱정
있을 때는 누그러지기도 쉬운 듯해서 이럭저럭 이야기가 되었
네……. 생각하면 무섭고도 기막힌 밤이었어."

　제천인지로 줄행랑을 놓은 건 그다음 날이었다.

　"다음 장도막[17]에는 벌써 온 집안이 사라진 뒤였네. 장판은
소문에 발끈 뒤집혀 고작해야 술집에 팔려가기가 상수라고 처

17 장도막: 한 장날로부터 다음 장날 사이의 동안을 세는 단위.

녀의 뒷공론이 자자들 하단 말이야. 제천 장판을 몇 번이나 뒤졌겠나. 허나 처녀의 꼴은 꿩 궈 먹은 자리야. 첫날밤이 마지막 밤이었지. 그때부터 봉평이 마음에 든 것이 반평생을 두고 다니게 되었네. 평생인들 잊을 수 있겠나."

"수 좋았지. 그렇게 신통한 일이란 쉽지 않아. 항용 못난 것 얻어 새끼 낳고 걱정 늘고 생각만 해두 진저리가 나지……. 그러나 늘그막바지까지 장돌뱅이로 지내기도 힘드는 노릇 아닌가. 난 가을까지만 하구 이 생애와도 하직하려네. 대화쯤에 조그만 전방이나 하나 벌이구 식구들을 부르겠어. 사시장천 뚜벅뚜벅 걷기란 여간이래야지."

"옛 처녀나 만나면 같이나 살까……. 난 거꾸러질 때까지 이 길 걷고 저 달 볼 테야."

산길을 벗어나니 큰길로 틔어졌다. 꽁무니의 동이도 앞으로 나서 나귀들은 가로 늘어섰다.

"총각두 젊겠다 지금이 한창 시절이렷다. 충줏집에서는 그만 실수를 해서 그 꼴이 되었으나 섭게 생각 말게."

"처, 천만에요. 되려 부끄러워요. 계집이란 지금 웬 제격인가요. 자나 깨나 어머니 생각뿐인데요."

허 생원의 이야기로 실심해[18]한 끝이라 동이의 어조는 한풀 수그러진 것이었다.

---

18 실심하다: 근심 걱정으로 맥이 빠지고 마음이 산란하여지다.

"아비 어미란 말에 가슴이 터지는 것도 같았으나 제겐 아버지가 없어요. 피붙이라고는 어머니 하나뿐인걸요."

"돌아가셨나?"

"당초부터 없어요."

"그런 법이 세상에……."

생원과 선달이 야단스럽게 껄껄들 웃으니 동이는 정색하고 우길 수밖에는 없었다.

"부끄러워서 말하지 않으려 했으나 정말예요. 제천 촌에서 달도 차지 않은 아이를 낳고 어머니는 집을 쫓겨났죠. 우스운 이야기나 그렇기 때문에 지금까지 아버지 얼굴도 본 적 없고, 있는 고장도 모르고 지내요."

　고개가 앞에 놓인 까닭에 세 사람은 나귀를 내렸다. 둔덕은 험하고 입을 벌리기도 대근하여[19] 이야기는 한동안 끊겼다. 나귀는 건듯하면 미끄러졌다. 허 생원은 숨이 차 몇 번이고 다리를 쉬지 않으면 안 되었다. 고개를 넘을 때마다 나이가 알렸다. 동이 같은 젊은 축이 그지없이 부러웠다. 땀이 등을 한바탕 쪽 씻어 내렸다.

　고개 너머는 바로 개울이었다. 장마에 흘러버린 널다리가 아직도 걸리지 않은 채 있는 까닭에 벗고 건너야 되었다. 고의[20]를 벗어 띠로 등에 얽어매고 반 벌거숭이의 우스꽝스런 꼴로 물속

19 대근하다: 견디기가 어지간히 힘들고 만만하지 않다.
20 고의: 남자의 여름 홑바지.

에 뛰어들었다. 금방 땀을 흘린 뒤였으나 밤 물은 뼈를 찔렀다.

"그래, 대체 기르긴 누가 기르구?"

"어머니는 하는 수 없이 의부를 얻어가서 술장사를 시작했죠. 술이 고주래서 의부라고 전 망나니예요. 철들어서부터 맞기시작한 것이 하룬들 편한 날 있었을까. 어머니는 말리다가 채이고 맞고 칼부림을 당하고 하니 집 꼴이 무어겠소. 열여덟 살 때집을 뛰쳐나와서부터 이 짓이죠."

"총각 낫세론 동이 무던하다고 생각했더니 듣고 보니 딱한 신세로군."

물은 깊어 허리까지 찼다. 속 물살도 어지간히 센 데다가 발에 차이는 돌멩이도 미끄러워 금시에 훌칠 듯하였다. 나귀와 조선달은 재빨리 거의 건넜으나 동이는 허 생원을 붙드느라고 두사람은 훨씬 떨어졌다.

"모친의 친정은 원래부터 제천이었던가?"

"웬걸요. 시원스리 말은 안 해주나 봉평이라는 것만은 들었지요."

"봉평? 그래, 그 아비 성은 무엇인구?"

"알 수 있나요. 도무지 듣지를 못했으니까."

"그, 그렇겠지."

하고 중얼거리며 흐려지는 눈을 까물까물하다가 허 생원은 경망하게도 발을 빗디뎠다. 앞으로 고꾸라지기가 바쁘게 몸째 풍덩 빠져버렸다. 허우적거릴수록 몸을 걷잡을 수 없어 동이가 소리를 치며 가까이 왔을 때는 벌써 퍽이나 흘렀었다. 옷째 졸짝 젖으니 물에 젖은 개보다도 더 참혹한 꼴이었다. 동이는 물속에서 어른을 해깝게[21] 업을 수 있었다. 젖었다고는 하여도 여윈 몸

21 해깝다: '가깝다'의 방언.

이라 장정 등에는 오히려 가벼웠다.

"이렇게까지 해서 안됐네. 내 오늘 정신이 빠진 모양이야."

"염려하실 것 없어요."

"그래, 모친은 아비를 찾지 않는 눈치지?"

"늘 한번 만나고 싶다고는 하는데요."

"지금 어디 계신가?"

"의부와도 갈라져 제천에 있죠. 가을에는 봉평에 모셔오려고 생각 중인데요. 이를 물고 벌면 이럭저럭 살아갈 수 있겠죠."

"아무렴, 기특한 생각이야. 가을이랬다?"

동이의 탐탁한 등허리가 뼈에 사무쳐 따뜻하다. 물을 다 건넜을 때에는 도리어 서글픈 생각에 좀 더 업혔으면도 하였다.

"진종일 실수만 하니 웬일이오? 생원."

조 선달은 바라보며 기어코 웃음이 터졌다.

"나귀야. 나귀 생각하다 실족을 했어. 말 안 했던가? 저 꼴에 제법 새끼를 얻었단 말이지. 읍내 강릉집 피마²²에게 말일세. 귀를 쫑긋 세우고 달랑달랑 뛰는 것이 나귀 새끼같이 귀여운 것이 있을까. 그것 보러 나는 일부러 읍내를 도는 때가 있다네."

"사람을 물에 빠뜨릴 젠 딴은 대단한 나귀 새끼군."

허 생원은 젖은 옷을 웬만큼 짜서 입었다. 이가 덜덜 갈리고 가슴이 떨리고 몹시도 추웠으나 마음은 알 수 없이 둥실둥실 가

---

²² 피마: 다 자란 암말.

벼웠다.

"주막까지 부지런히 가세나. 뜰에 불을 피우고 훗훗이 쉬어. 나귀에겐 더운물을 끓여주고, 내일 대화장 보고는 제천이다."

"생원도 제천으로?"

"오래간만에 가보고 싶어. 동행하려나, 동이?"

나귀가 걷기 시작하였을 때, 동이의 채찍은 왼손에 있었다. 오랫동안 아둑시니[23]같이 눈이 어둡던 허 생원도 요번만은 동이의 왼손잡이가 눈에 띄지 않을 수 없었다.

걸음도 해깝고 방울 소리가 밤 벌판에 한층 청청하게 울렸다.

달이 어지간히 기울어졌다.

---

23 아둑시니: 어둠의 귀신. 아둔해 눈치가 없는 사람.

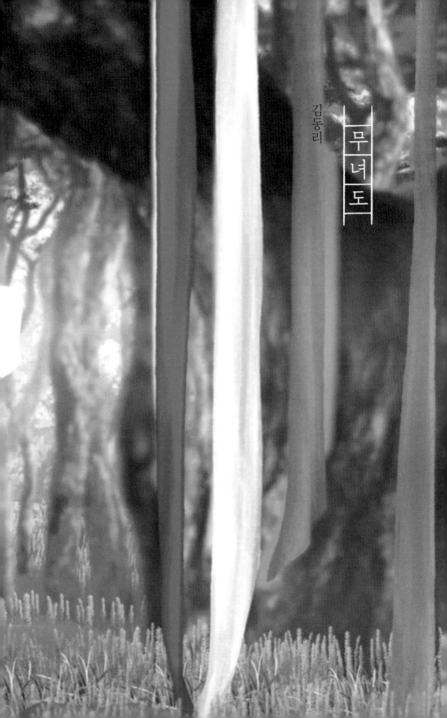

김동리

무
녀
도

봉창에서 방 안으로 붙어 들어가는
불길을 덮쳐 끄는 순간,
뒷등허리가 찌르르하여 휙 몸을 돌이키려 할 때
이미 피투성이가 된 그의 몸은
허옇게 이를 악물고 웃음 웃는
모화의 품속에 안겨져 있었다.

1

뒤에 물러 누운 어둑어둑한 산, 앞으로 폭이 넓게 흐르는 검은 강물, 산마루로 들판으로 검은 강물 위로 모두 쏟아져 내릴 듯한 파아란 별들, 바야흐로 숨이 고비에 찬, 이슥한 밤중이다. 강가 모랫벌에 큰 차일을 치고, 차일 속엔 마을 여인들이 자욱이 앉아 무당의 시나위 가락에 취해 있다. 그녀들의 얼굴들은 분명히 슬픈 흥분과 새벽이 가까워온 듯한 피곤에 젖어 있다. 무당은 바야흐로 청승에 자지러져 뼈도 살도 없는 혼령으로 화한 듯 가벼이 쾌잣자락을 날리며 돌아간다…….

이 그림이 그려진 것은 아버지가 장가를 들던 해라 하니, 나

는 아직 세상에 태어나기도 이전의 일이다. 우리 집은 옛날의 소위 유서 있는 가문으로, 재산과 문벌로도 떨쳤지만, 글 하는 선비란 것도 우글거렸고, 특히 진귀한 서화와 골동품으로서는 나라 안에서 손꼽힐 만큼 높이 일컬어졌었다. 그리고 이 서화와 골동품을 즐기는 취미는 아버지에서 다시 손자로 대대 가산과 함께 물려져 내려오는 가풍이기도 했다.

　우리 집 살림이 탁방난¹ 것은 아버지 때였으나, 그즈음만 해
도 아직 옛날과 다름없이 할아버지께서는 사랑에서 나그네를
겪으셨고, 그러자니 시인 묵객²들이 끊일 새 없이 찾아들곤 하
였다. 그 무렵이라 한다. 온종일 흙바람이 불어 뜰 앞엔 살구꽃

---

1 탁방나다: 일이 되고 안 되는 것이 드러나 끝나다.
2 묵객: 먹을 이용해 글씨를 쓰거나 그림을 그리는 사람.

이 터져 나오는 어느 봄날 어스름 때였다. 색다른 나그네가 대문 앞에 닿았다. 동저고리 바람에 패랭이를 쓰고 그 위에 명주 수건을 잘라맨, 나이 한 쉰 가까이 되어 뵈는, 체수³도 조그만 사내가 나귀 고삐를 잡고 서고, 나귀에는 열예닐곱쯤 나 뵈는, 낯빛이 몹시 파리한 소녀 하나가 안장 위에 앉아 있었다. 남자 하인과 그 상전의 따님 같아도 보였다.

그러나 이튿날 그 사내는,

"이 여아는 소인의 여식이옵는데, 그림 솜씨가 놀랍다 하기에 대감의 문전을 찾았삽내다."

소녀는 흰 옷을 입었고, 옷 빛보다 더 새하얀 그녀의 얼굴엔 깊이 모를 슬픔이 서리어 있었다.

"아기의 이름은?"

3 체수: 몸의 크기.

"......."

"나이는?"

"......."

주인이 소녀에게 말을 건네보았었으나, 소녀는 굵은 두 눈으로 한 번 그를 바라보았을 뿐 입을 떼려고 하지는 않았다.

아비가 대신 입을 열어,

"여식의 이름은 낭이(琅伊), 나이는 열일곱 살이옵고……."

하더니, 목소리를 더 낮추며,

"여식은 가는귀가 좀 먹었습니다."

했다.

주인도 이번에는 고개를 끄덕였다. 그러고는 사내를 보고, 며칠이든지 묵으며 소녀의 그림 솜씨를 보여달라고 했다. 그들 아비 딸은 달포 동안이나 머물러 있으며, 그림도 그리고 자기네

의 지난 이야기도 자세히 하소연했다고 한다. 할아버지께서는 그들이 떠나는 날에, 이 불행한 아비 딸을 위하여 값진 비단과 충분한 노자를 아끼지 않았으나, 나귀 위에 앉은 가련한 소녀의 얼굴에는 올 때나 조금도 다름없는 처절한 슬픔이 서려 있었을 뿐이라고 한다.

......소녀가 남기고 간 그림(이것을 할아버지께서는 '무녀도'라 불렀지만)과 함께 내가 할아버지로부터 전해 들은 이야기는 다음과 같다.

2

경주읍에서 성 밖으로 오 리쯤 나가서 조그만 마을이 있었다. 여민촌 혹은 잡성촌이라 불리는 마을이었다.

이 마을 한 구석에 모화(毛火)라는 무당이 살고 있었다. 모화 서 들어온 사람이라 하여 모화라 부르는 것이었다. 그것은 한 머리 찌그러져가는 묵은 기와집으로, 지붕 위에는 기와버섯이 퍼렇게 뻗어 올라 역한 흙냄새를 풍기고, 집 주위는 앙상한 돌담이 군데군데 헐리인 채 옛 성처럼 꼬불꼬불 에워싸고 있었다. 이 돌담이 에워싼 안의 공지같이 넓은 마당에는 수채가 막힌 채, 빗물이 괴는 대로 일 년 내 시퍼런 물이끼가 뒤덮여 늘쟁이, 명아주, 강아지풀, 그리고 이름 모를 여러 가지 잡풀들이 사람의 키도 묻힐 만큼 거멓게 엉키어 있었다. 그 아래로 뱀같이 길게 늘어진 지렁이와 두꺼비같이 늙은 개구리들이 구물거리며 움칠거리며, 항시 밤이 들기만 기다릴 뿐으로, 이미 수십 년 혹은 수백 년 전에 벌써 사람의 자취와는 인연이 끊어진 도깨비굴 같기만 했다.

이 도깨비굴같이 낡고 헐리인 집 속에 무녀 모화와 그 딸 낭이는 살고 있었다. 낭이의 아버지 되는 사람은 경주읍에서 칠십 리가량 떨어져 있는 동해변 어느 길목에서 해물 가게를 보고 있는데, 풍문에 의하면 그는 낭이를 세상에 없이 끔찍이 생각하는 터이므로, 봄·가을철이면 분 잘 핀 다시마와 조촐한 꼭지미역 같은 것을 가지고 다녀가곤 한다는 것이었다. 나중 욱이(昱伊)가 돌연히 나타나지 않았다면, 이 도깨비굴 속에 그녀들을 찾는 사람이라야 모화에게 굿을 청하러 오는 사람들과 봄가을에 한번씩 낭이를 찾아주는 그녀의 아버지 정도로, 세상 사람들과는 별

로 왕래도 없이 살아가는 쓸쓸한 어미, 딸이었을 것이다.

　간혹 원근 동네에서 모화에게 굿을 청하러 오는 사람이 있어
도 아주 방문 앞까지 들어서며,

　"여보게, 모화네 있는가?"

　"여보게, 모화네."

　하고, 두세 번 부르도록 대답이 없다가, 아주 사람이 없는 모

양이라고 툇마루에 손을 짚고 방문을 열려고 하면 그때서야 안에서 방문을 먼저 열고 말없이 내다보는 계집애 하나, 그녀의 이름이 낭이었다. 그럴 때마다 낭이는 대개 혼자서 그림을 그리고 있다가 놀라 붓을 던지며 얼굴이 파랗게 질린 채 와들와들 떨곤 하는 것이었다.

이와 같이, 모화는 어느 하루를 집구석에서 살림이라고 살고 있는 날이 없었다. 날이 새기가 무섭게 성 안으로 들어가면 언제나 해가 서쪽 산마루에 걸릴 무렵에야 돌아오곤 했다. 술이 얼근해서 수건엔 복숭아를 싸들고 춤을 추며,

"따님아, 따님아, 김씨 따님아,

수국 꽃님 낭이 따님아,

용궁이라 들어가니,

열두 대문이 다 잠겼다.

문 열으소, 문 열으소,

열두 대문 열어주소."

청승 가락을 뽑으며 동구로 들어오는 것이었다.

"모화네, 오늘도 한잔했구나."

    마을 사람들이 인사를 하면 모화는 수줍은 듯이 어깨를 비틀며,

    "예에, 장에 갔다가요."

    하고, 공손스레 절을 하곤 하였다.

    모화는 굿을 할 때 이외에는 대개 주막에 가 있었다.

    그만큼 모화는 술을 즐기었고 낭이는 또한 복숭아를 좋아하며 어미가 술이 취해 돌아올 때마다 여름 한철은 언제나 그녀의 손에 복숭아가 들려 있었다.

    "따님 따님, 우리 따님."

    모화는 집 안에 들어서면서도 이렇게 가락을 붙여 낭이를 불렀다.

낭이는 어릴 때 나들이에서 돌아오는 어미의 품에 뛰어들어 젖을 빨듯, 어미의 수건에 싸인 복숭아를 받아먹는 것이었다.

　모화의 말을 들으면 낭이는 수국 꽃님의 화신으로, 그녀가 꿈에 용신님을 만나 복숭아 하나를 얻어먹고 꿈꾼 지 이레 만에 낭이를 낳은 것이라 했다. 그녀의 말에 의하면 수국 용신님은 따님이 열두 형제였다. 첫째는 달님이요, 둘째는 물님이요, 셋째는 구름님이요…… 이렇게 열두째는 꽃님이었는데, 산신님의 열두 아드님과 혼인을 시키게 되어 달님은 햇님에게, 물님은 나무님에게, 구름님은 바람님에게, 각각 차례대로 배혼을 정해 나가려니까 막내따님인 꽃님은 본시 연애를 좋아하시는 성미라, 자기 차례가 돌아오기를 미처 기다릴 수 없어, 열한째 형인 열매님의 낭군님이 되실 새님을 가로채어버렸더니 배필을 잃은 열매님과 나비님은 슬피 울며, 제각기 용신님과 산신님께 호소한 결과 용신님이 먼저 크게 노하고 벌을 내려 꽃님의 귀를 먹게 하시고,

수국을 추방하시니, 꽃님에서 그만 복사꽃이 되어 봄마다 강가로 산기슭으로 붉게 피지만 새님이 가지에 와 아무리 재잘거려도 지금까지 귀가 먹은 채 말 없는 벙어리가 되어 있는 것이라 한다.

모화는 주막에서 술을 먹다 말고, 화랑이 들과 어울려서 춤을 추다 말고, 별안간 미친 것처럼 일어나 달아나곤 했다. 물으면 집에서 따님이 자기를 부르노라고 했다.

그녀는 수국 용신님께서 낭이 따님을 잠깐 자기에게 맡겼으므로 자기는 그동안 맡아 있는 것뿐이라 했다.

그러므로 자기가 만약 이 따님을 정성껏 섬기지 않으면 큰어머님 되시는 용신님의 노염을 살까 두렵노라 하였다.

낭이뿐 아니라, 모화는 보는 사람마다 너는 나무 귀신의 화신이다, 너는 돌 귀신의 화신이다 하여, 걸핏하면 칠성에 가 빌라는 둥 용왕에 가 빌라는 둥 했다.

모화는 사람을 볼 때마다 늘 수줍은 듯, 어깨를 비틀며 절을 했다. 어린애를 보고도 부들부들 떨며 두려워했다. 때로는 개나 돼지에게도 아양을 부렸다.

그녀의 눈에는 때때로 모든 것이 귀신으로만 비친다는 것이 었다. 그것은 사람뿐 아니라 돼지, 고양이, 개구리, 지렁이, 고기, 나비, 감나무, 살구나무, 부지깽이, 항아리, 섬돌, 짚신, 대추나뭇가지, 제비, 구름, 바람, 불, 밥, 연, 바가지, 다래끼, 솥, 숟가락, 호롱불…… 이러한 모든 것이 그녀와 서로 보고, 부르고, 말하고, 미워하고, 시기하고, 성내고 할 수 있는 이웃 사람 같이 보여지곤 했다. 그리하여 그 모든 것을 '님'이라 불렀다.

3

욱이가 돌아온 뒤부터 이 도깨비굴 속에는 조금씩 사람 냄새
가 나기 시작했다. 부엌에 들어서기를 그렇게 싫어하던 낭이도
욱이를 위하여는 가끔 밥을 짓는 것이었다. 그리고 밤이면 오직
컴컴한 어둠과 별빛만이 차 있던 이 허물어져 가는 기와집 처마
끝에도 희부연 종이 등불이 고요히 걸려지곤 했다.

욱이는 모화가 아직 모화 마을에 살 때, 귀신이 지피기 전, 어
떤 남자와의 사이에서 생긴 사생아였다. 그는 어릴 적부터 무척
총명하여 신동이란 소문까지 났으나, 근본이 워낙 미천하여 마

을에서는 순조롭게 공부를 시킬 수가 없어, 그가 아홉 살 되었을 때 아는 사람의 주선으로 어느 절간에 보낸 뒤, 그동안 한 십 년 간 까맣게 소식조차 묘연하다가 얼마 전 표연히 이 집에 나타난 것이었다. 낭이와는 말하자면 어미를 같이하는 오뉘뻘이었다. 낭이가 대여섯 살 되었을 때 그때만 해도 아직 병으로 귀가 멀기 전이라 '욱이, 욱이' 하고 몹시 그를 따르곤 했었다. 그러던 것이 욱이가 절간으로 떠난 지 얼마 되지 않아 낭이는 자리에 눕게 되 어 꼭 삼 년 동안을 시름시름 앓고 나더니, 그 길로 귀가 멀어버 렸던 것이다. 그러나 귀가 어느 정도로 먹은지는 아무도 아는 사 람이 없었다. 한두 번 그의 어미를 향해 어눌하나마,

"우, 욱이 어디 가아서?"

이렇게 물은 적이 있었다.

"절에 공부하러 갔다."

"어어디, 절에?"

"지림사, 큰 절에……."

그러나 이것은 거짓말이었다. 모화 자신도 사실인즉 욱이가 어느 절에 가 있는지 통 모르고 있었고, 다만 모른다고 하기가 싫어서 이렇게 머리에 떠오르는 대로 대답했을 뿐이었다.

모화는 장에서 돌아와 처음 욱이를 보았을 때, 그 푸른 얼굴에 난데없는 공포의 빛이 서리며, 곧 어디로 달아날 것같이 한참 동안 어깨를 뒤틀고 허둥거리다가 말고 별안간 그 후리후리한 키에 긴 두 팔을 벌려, 흡사 무슨 큰 새가 저희 새끼를 품듯 달려 들어 욱이를 안았다.

"이게 누고, 이게 누고? 아이고…… 내 아들아, 내 아들아!"

모화는 갑자기 목을 놓고 울었다.

"내 아들아, 내 아들아! 늬가 왔나, 늬가 왔나?"

모화는 앞뒤도 살피지 않고 온 얼굴을 눈물로 씻었다.

"오마니, 오마니."

욱이도 어미의 한쪽 어깨에 볼을 대고 오래도록 울었다. 어미를 닮아 허리가 날씬하고 목이 가는 이 열아홉 살 난 청년은 그동안 절간으로 어디로 외롭게 유랑해 다닌 사람 같지도 않게, 품위가 있고 아름다운 얼굴이었다.

낭이도 그때에야 이 청년이 욱이인 것을 진정으로 깨닫는 모양이었다. 처음 혼자 방에 있는데, 어떤 낯선 청년이 와서 방문을 열기에 너무도 놀라고 간이 뛰어 말(표정으로도) 한마디도 못하고 방구석에 서서 오들오들 떨고만 있었던 것이다. 이제 낭이는 그 어머니가 욱이를 얼싸안고 내 아들아, 내 아들아 하며 우는 것을 보고 어쩌면 저도 눈물이 날 것 같았다.

낭이는 그 어머니에게도 이렇게 인정이 있다는 것을 보자 형언할 수 없는 즐거움을 깨달았다.

그러나 욱이는 며칠을 가지 않아 모화와 낭이에게 알 수 없는 이상한 수수께끼와 같은 것이 되었다.

그는 음식을 받아 놓고나, 밤에 잠을 자려고 할 때나, 또 아침에 자리에서 일어났을 때 반드시 한참 동안씩 주문 같은 것을 외는 것이었다. 그러고는 틈틈이 품속에서 조그만 책 한 권을 꺼내어 읽곤 하는 것이었다. 낭이가 그것을 수상스레 보고 있으려니까 욱이는 그 아름다운 얼굴에 미소를 지으며,

"너도 이 책을 읽어라."

하고 그 조그만 책을 낭이 앞에 펴 보이곤 했다. 낭이는 지금까지 《심청전》이란 책을 여러 차례 두고 읽어서 국문쯤은 간신히 읽을 수 있었으므로, 욱이가 내놓은 그 조그만 책을 들여다보니, 맨 처음 껍데기에 큰 글자로 《신약전서》란, 넉자가 똑똑히 씌어져 있었다. 《신약전서》란 생전 처음 보는 이름이다.

낭이가 알 수 없다는 듯이 욱이를 바라보자, 욱이는 또 만면

에 미소를 띠며,

　"너 사람을 누가 만들어냈는지 아니?"

　하였다. 그러나 낭이에게는 이 말이 들리지도 않았을뿐더러, 욱이의 손짓과 얼굴 표정을 통해 대강 짐작할 수 있었다 하더라도 이건 지금까지 생각도 해보지 못한 어려운 말이었다.

　"그럼 너 사람이 죽어서 어떻게 되는 줄은 아니?"

　"……."

　"이 책에는 그런 것들이 모두 씌어져 있다."

　그러고는 손으로 몇 번이나 하늘을 가리켰다. 그리하여 낭이가 알아들은 말이라고는 겨우 한마디 '하나님'이었다.

"우리 사람을 만든 것은 하나님이다. 하나님은 우리 사람뿐 아니라 천지 만물을 다 만들어내셨다. 우리가 죽어서 돌아가는 곳도 하나님 전이다."

이러한 욱이의 '하나님'은 며칠 지나지 않아 곧 모화의 의혹과 반발을 불러일으켰다. 욱이가 온 지 사흘째 되던 날, 아침밥을 받아놓고 그가 기도를 드리려니까, 모화는,

"너 불도에도 그런 법이 있나?"

이렇게 물었다. 모화는 욱이가 그동안 절간에 가 있다 온 줄만 믿고 있었으므로, 그가 하는 짓은 모두 불도에 관한 일인 줄로만 생각하는 모양이었다.

"아니요 오마니, 난 불도가 아닙내다."

"불도가 아니고, 그럼 무슨 도가 있어?"

"오마니, 절간에서 불도가 보기 싫어 달아났댔쇠다."

"불도가 보기 싫다니, 불도야 큰 도지······. 그럼 넌 뭐 신선 도야?"

"아니요 오마니, 난 예수도올시다."

"예수도?"

"북선 지방에서는 예수교라고 합데다. 새로 난 교지요."

"그럼, 너 동학당이로군!"

"아니요. 오마니, 나는 동학당이 아닙내다. 나는 예수도올 시다."

"그래. 예수도온가 하는 데서는 밥 먹을 때마다 눈을 감고 주문을 외이나?"

"오마니, 그건 주문이 아니외다. 하나님 앞에 기도드리는 것 이외다."

"하나님 앞에?"

모화는 눈을 둥그렇게 떴다.

"네, 하나님께서 우리 사람을 내셨으니깐요."

"야아, 너 잡귀가 들렸구나!"

모화의 얼굴빛은 순간 퍼렇게 질리었다. 그러고는 더 묻지 않 았다.

다음 날, 모화가 그 마을에 객귀 들린 사람이 있어 물밥[5]을 내주고 돌아오려니까 욱이가,

"오마니, 어디 갔다 오시나요?"

하고 물었다.

"저 박급창 댁에 객귀를 물려주고 온다."

욱이는 한참 동안 무엇을 생각하는 모양이더니,

"그럼 오마니가 물리면 귀신이 물러나갑데까?"

한다.

"물러나갔기 사람이 살아났지."

모화는 별소리를 다 듣는다는 듯이 대답했다. 그는 지금까지 이 경주 고을 일원을 중심으로 수백 번의 푸닥거리와 굿을 하고 수백 수천 명의 병을 고쳐왔지만, 아직 한 번도 자기의 하는 굿이나 푸닥거리에 신령님의 감응을 의심한다든가 걱정해본 적은 없었다. 더구나 누구의 객귀에 물밥을 내주는 것쯤은 목마른 사람에게 물 한 그릇을 떠주는 것만큼이나 당연하고 손쉬운 일로만 여겨왔다. 모화 자신만이 그렇게 생각할 뿐 아니라 굿을 청하는 사람, 객귀가 들린 사람 쪽에서도 그와 같이 믿고 있는 편이기도 했다. 그들은 무슨 병이 나면 먼저 의원에게 보이려는 생각보다 으레 모화에게 찾아갈 것으로 생각하는 것이었다. 그들

5 물밥: 무당이나 판수가 굿을 하거나 물릴 때에, 귀신에게 준다고 물에 말아 던지는 밥.

의 생각에는 모화의 푸닥거리나 푸념이 의원의 침이나 약보다 훨씬 반응이 빠르고 효험이 확실하고 준비가 손쉬웠던 것이다. ……한참 동안 고개를 수그리고 무엇을 생각하고 있던 욱이는, 고개를 들어 그 어머니의 얼굴을 똑바로 바라보며,

"오마니, 이것 보시오. 마태복음 제구장 삼십오절이올시다. 저희가 나갈 때에 사귀 들려 벙어리 된 자를 예수께 데려오매, 사귀가 쫓겨나니 벙어리가 말하거늘……."

그러나 이때 벌써 모화는 자리에서 일어나, 방구석에 언제나 차려놓은 '신주상' 앞에 가서,

"신령님네, 신령님네, 동서남북 상하 천지,

날것은 날아가고, 길것은 기어가고

머리검하 초로인생 실낱 같안 이 목숨이,

신령님네 품이길래 품속에 품았길래,

대로같이 가옵내다, 대로같이 가옵내다.

부정한 손 물리치고, 조콜한 손 받으실 새, 터주님이 터 주시고 조왕님이 요 주시고,

삼신님이 명 주시고 칠성님이 들르시고,

미륵님이 돌보셔서 실낱 같안 이 목숨이,

대로같이 가옵내다. 탄탄대로같이 가옵내다."

모화의 두 눈은 보석같이 빛나고, 강렬한 발작과도 같이 등허리를 떨며 두 손을 비벼댔다. 푸념이 끝나자 신주상 위의 냉수

그릇을 들어 물을 머금더니 욱이의 낯과 온몸에 확 뿜으며,

"엇쇠 귀신아, 물러서라,

여기는 영주 비루봉 상상봉헤,

깎아지른 돌벼랑헤, 쉰 길 청수헤,

너희 올 곳이 아니니라.

바른손헤 칼을 들고 왼손헤 불을 들고,

엇쇠 잡귀신아, 썩 물러서라. 툇툇!"

이렇게 외쳤다.

욱이는 처음 어리둥절해서 모화의 푸념하는 양을 바라보고 있다가, 이윽고 고개를 수그려 잠깐 기도를 올리고 나서 일어나 잠자코 밖으로 나가버렸다.

모화는 욱이가 나간 뒤에도 한참 동안 푸념을 계속하며 방구석마다 물을 뿜고 주문을 외었다.

4

욱이는 그 길로 이 지방의 예수교인들을 찾아보기로 했다. 그 날 곧 돌아올 줄 알았던 욱이는 해가 지고 밤이 깊어도 돌아오지 않았다. 모화와 낭이, 어미 딸은 방구석에 음울하게 웅크리고 앉아 욱이가 돌아오기만 기다리는 것이었다.

"예수 귀신 책 거 없나?"

모화는 얼마 뒤에 낭이더러 이렇게 물었다. 낭이는 고개를 저었다. 그러자 갑자기 낭이도 욱이의 그 《신약전서》란 책을 제가 맡아두지 않았음을 후회했다. 모화는 분명히 욱이가 무슨 몹쓸 잡귀에 들린 것으로만 간주하는 모양이었다. 그것은 마치 욱이가 모화와 낭이를 으레 사귀 들린 사람들로 생각하는 것과도 같았다. 그는 모화뿐만 아니라 낭이까지도 어미의 사귀가 들어가서 벙어리가 된 것이라고 믿는 것이었다.

"예수 당시에도 사귀 들려 벙어리 된 자를 예수께서 몇 번이나 고쳐주시지 않나."

욱이는 이렇게 생각하는 것이었다. 그리고 그는 자기의 힘으로 자기가 하나님께 열심히 기도를 드림으로써, 그 어미와 누이동생의 병을 고쳐야 한다고 마음속으로 굳게 결심하는 것이었다.

'예수께서 무리들이 달려와서 모이는 것을 보시고 그 더러운

귀신을 꾸짖어 가라사대 벙어리와 귀머거리 귀신아, 내가 네게 명하노니 그 아이에게서 나오고 다시 들어가지 마라 하시니 사귀가 소리 지르며 아이를 심히 오그라뜨리고 나가니, 그 아이가 죽은 것같이 되매 여러 사람이 말하기를 죽었다 하거늘, 오직 예수 그 손을 잡아 일으키시니 드디어 일어서더라. 집에 들어가시 매 제자들이 조용히 묻자와 가로되 우리는 어찌하여 능히 그 귀 신을 쫓아내지 못하였나이까. 예수 가라사대 기도 아니 하여서 는 이런 유를 나가게 할 수 없나니라(마가복음 9장 25절~29절).'

그리하여 욱이는 자기도 하나님께 기도만 간절히 드리면 그 어미와 누이동생에게 들어 있는 사귀도 내어 쫓을 수 있으리라 믿었다. 일방, 그는 그가 지금까지 배우고 있던 평양 현 목사와 이 장로에게도 편지를 띄웠다.

'목사님, 저는 하나님의 은혜로 무사히 오마니를 찾아왔습내다. 그러하오나 이 지방에는 오직 우리 주님의 복음이 전파되지 않아서 사귀 들린 자와 우상 섬기는 자가 매우 많은 것을 볼 때, 하루 바삐 주님의 복음을 이 지방에 전파하도록 교회를 지어야 하겠삽내다. 목사님께 말씀드리기는 매우 부끄러운 일이나 저의 오마니는 무당 사귀가 들려 있고, 저의 누이동생은 귀머거리와 벙어리 귀신이 들려 있습내다. 저는 마가복음 제구장 제이십구절에 있는 우리 주님 예수 그리스도의 말씀대로 이 사귀들을 내어 쫓기 위하여 열심히 기도를 드립내다마는 교회가 없으므로 기도드릴 장소가 매우 힘드옵내다. 하루 바삐 이 지방에 교회 되기를 하나님께 기도 올려주소서.'

이 현 목사는 미국 선교사로서, 욱이가 지금까지 먹고 입고 공부를 하게 된 것이 모두 그의 도움이었다. 욱이가 열다섯 살까지 절간에서 중의 상좌 노릇을 하고 있다가, 그해 여름에 혼자서 서울 구경을 간다고 나선 것이 이리저리 유랑하여 열여섯 되던 해 가을엔 평양까지 가게 되었고, 거기서 그해 겨울 이 장로의 소개로 현 목사의 도움을 받게 되었던 것이었다.

이번엔 욱이가 평양서 어머니를 보러 간다고 하니까, 현 목사는 욱이를 불러놓고 이렇게 말했다.

"지금부터 삼 년 동안 이 사람 고국 갈 것이오. 그때 만일 욱이가 함께 가기 원하면 이 사람 같이 미국 가게 될 것이오."

"목사님, 고맙습니다. 저는 목사님을 따라 미국 가기가 원입니다."

"그러면 속히 모친 만나보고 오시오."

그러나 욱이가 어머니의 집이라고 찾아온 곳은 지금까지 그가 살고 있는 현 목사나 이 장로의 집보다 너무나 딴 세상이었다. 그 명랑한 찬송가 소리와 풍금 소리와 성경 읽는 소리와 모여 앉아 기도를 올리고 맛난 음식을 향해 즐겁게 웃음 웃는 얼굴들 대신 군데군데 헐어져가는 돌담과 기와버섯이 퍼렇게 뻗어오른 묵은 기와집과 엉킨 잡초 속에 꾸물거리는 개구리, 지렁이들과 그 속에서 무당 귀신과 귀머거리 귀신이 각각 들린 어미 딸두 여인을 보았을 때, 그는 흡사 자기 자신이 무서운 도깨비굴에 홀려든 것이 아닌가 하고 새삼 의심이 들 지경이었다.

욱이가 이 지방 예수교인들을 두루 만나보고 집으로 돌아온 뒤부터 야릇하게 변해진 것은 낭이의 태도였다. 그 호리호리한 몸매와 종잇장같이 희고 매끄러운 얼굴에 빛나는 굵은 두 눈으로 온종일 말 한마디, 웃음 한 번 웃는 일 없이 방구석에 틀어박혀 앉은 채 욱이의 하는 양만 바라보고 있다가, 밤이 되어 처마 끝에 희부연 종이 등불이 걸리고 하면, 피에 주린 싸늘한 손과 입술로 욱이의 목덜미나 가슴팍으로 뛰어들곤 했다. 욱이는 문득문득 목덜미로 가슴팍으로 낭이의 차디찬 손과 입술을 느낄 적마다 깜짝깜짝 놀라곤 하였으나, 그녀가 까무러칠 듯이 사지를 떨며 다시 뛰어들 제면 그도 당황히 낭이의 손을 쥐어주며, 그 희부연 종이 등불이 걸려 있는 처마 밑으로 이끌곤 했다.

낭이의 태도가 미묘해진 뒤부터 욱이의 얼굴빛은 날로 창백해 갔다. 그렇게 한 보름 지난 뒤 그는 또 한 번 표연히 집을 나가고 말았다.

모화는 욱이가 집을 나간 지 이틀째 되던 날 밤, 문득 자리에서 일어나 앉으며 긴 한숨을 내쉬었다. 그러고는 곁에 누워 있는 낭이를 흔들어 깨우더니 듣기에도 음울한 목소리로,

"욱이가 언제 온다더누?"

물었다. 낭이가 잠자코 있으려니까,

"왜 욱이 저녁 밥상은 보아두라고 했는데 없노."

하고 낭이더러 화를 내었다. 모화는 날이 갈수록 점점 더 초
조한 빛으로 밤중마다 부엌에다 들기름 불을 켜고 부뚜막 위에
욱이의 밥상을 차려놓고는 기도를 드리는 것이었다.

"성주는 우리 성주, 칠성은 우리 칠성, 조왕은 우리 조왕,

비나이다 비나이다 신주님께 비나이다.

하늘에는 별, 바다에는 진주,

금은 같안 이내 장손, 관옥 같안 이내 방성,

산신헤 명을 빌하 삼신헤 수를 빌하,

칠성헤 복을 빌하 삼신헤 덕을 빌하,

조왕님전 요오를 타고 터주님전 재주 타니

하늘에는 별, 바다에는 진주,

삼신 조왕 마다하고 아니 오지 못하리라.

예수 귀신하, 서역 십만 리 굶주리던 불권신하,

탄다, 훨훨 불이 탄다. 불귀신이 훨훨 탄다.

　타고 나니 이내 방성 금은같이 앉았다가,

　삼신 찾아오는구나, 조왕 찾아오는구나.”

　모화는 혼자서 손을 비비고 절을 하고 일어나 춤을 추고, 갖
은 교태를 다 부리며 완연히 미친 것같이 날뛰었다. 낭이는 방에
서 부엌으로 난 봉창 구멍에 눈을 대고 숨소리를 죽여 오랫동안
어미의 날뛰는 양을 지켜보고 있다가, 별안간 몸에 한기가 들며

아래턱이 달달달 떨리기 시작하였다. 그는 미친 것처럼 뛰어 일
어나며 저고리를 벗었다. 치마를 벗었다. 그리하여 어미는 부엌
에서, 딸은 방 안에서 한 장단 한 가락에 놀 듯 어우러져 춤을 추
곤 했다. 그러한 어느 새벽, 낭이는 정신을 차리고 보니 발가벗
은 알몸뚱이로 방바닥에 쓰러져 있는 그녀 자신을 발견한 일도
있었다.

두 번째 집을 나갔던 욱이는 다시 얼굴에 미소를 띠며 그녀들 어미 딸 앞에 나타났다.

모화는 그때 마침 굿 나갈 때 신을 새 신발을 신어보고 있었는데 욱이가 오는 것을 보자, 그 후리후리한 허리에 긴 팔을 벌려 새가 알을 품듯, 그의 상반신을 얼싸안고 울기 시작했다.

이번엔 아무런 푸념도 없이 오랫동안 욱이의 목을 안은 채 잠자코 울기만 하는 것이었다. 언제나 퍼런 그 얼굴에도 이때만은 붉은 기운이 돌며, 그 천연스런 몸짓은 조금도 귀신 들린 사람 같지 않았다.

"오마니, 나 방에 들어가 좀 쉬겠쇠다."

욱이는 어미의 포옹을 끄르고 일어나 방에 들어가 누웠다.

모화는 웬일인지 욱이가 방에 들어간 뒤에도 혼자 툇마루에 앉아 고개를 수그린 채 몹시 쓸쓸한 얼굴이었다. 그러더니 무슨 생각엔지 일어나 방에 들어가 낭이의 그림을 이것저것 뒤져보는 것이었다.

그날 밤이었다.

밤중이나 되어 욱이가 잠결에 그의 품속에 언제나 품고 있는 성경책을 더듬어보았을 때 품속에 허전함을 느꼈다. 그와 동시에 웅얼웅얼하며 주문을 외는 소리도 들려왔다. 자리에서 일어나보았으나 품속에서 성경을 찾을 수는 없었다. 그리고 낭이와 욱이 사이에 누워 있을 그의 어머니는 보이지 않았다. 그는 어떤 불길

하고 무서운 예감에 몸이 부르르 떨리었다. 바로 그때였다. 그의 귀에는 땅속에서 귀신이 우는 듯한, 웅얼웅얼하는 주문을 외는 듯한 소리가 좀 더 또렷이 들려왔다. 다음 순간, 그는 거의 무의식적으로 방에서 부엌으로 난 봉창 구멍에 눈을 갖다 대었다.

"서역 십만 리 굶주린 불귀신하,

한쪽 손에 불을 들고 한쪽 손에 칼을 들고,

이리 가니 산신님이 예 기신다.

저리 가시 용신님이 예 기신다.

칠성이라 돌아가니 칠성님이 예 기신다.

구름 속에 쌔어간다, 바람 속에 묻혀간다.

구름님이 예 기신다. 바람님이 제 기신다.

용궁이라 당도하니 열두 대문 잠겨 있다.

첫째 대문 두드리니 사천왕이 뛰어나와

종발눈 부릅뜨고, 주석 철퇴 높이 든다.

　둘째 대문 두드리니 불개 두 쌍 뛰어나와

　꽃불은 수놈이 낼룽, 불씨는 암놈이 낼룽,

　셋째 대문 두드리니 물개 두 쌍 뛰어나와

　수놈이 공공 꽃불이 죽고

　암놈이 공공 불씨가 죽고……."

　모화는 소복 단장에 쾌자까지 두르고 온갖 몸짓, 갖은 교태를 다 부려가며 손을 비비다, 절을 하다, 덩싯거리며 춤을 추다 하고 있다. 부뚜막 위에는 깨끗한 접싯불(들기름의)이 켜져 있고, 접싯불 아래 놓인 소반 위에는 냉수 한 그릇과 흰 소금 한 접시가 놓여 있을 따름이다. 그리고 그 곁에는 지금 막 그 마지막 불꽃이 나불거리고 난 새빨간 파란 연기 한 오리가 오르는 《신약전서》의 두꺼운 표지는 한 머리 이미 파리한 재가 되어가고 있었다.

　모화는 무엇에 도전이나 하는 것처럼 입가에 야릇한 냉소까지 띠며, 소반에 얹힌 접시의 소금을 집어 연기마저 사라진 새까만 재 위에 뿌렸다.

"서역 십만 리 예수 귀신이 돌아간다.

당산에 가 노자 얻고, 관묘에 가 신발 신고,

두 귀에 방울 달고 방울 소리 발맞추어

재 넘고 개 건너 잘도 간다.

인제 가면 언제 볼꼬, 발이 아파 못 오겠다.

춘삼월에 다시 오랴, 배가 고파 못 오겠다……."

모화의 음성은 마주[6] 같은 향기를 풍기며 온 피부에 스며들었다. 그 보석 같은 두 눈의 교태와 쾌잣자락과 함께 나부끼는 손짓은, 이제 차마 더 엿볼 수 없게 욱이의 심장을 쥐어짜는 것이었다. 욱이는 가위눌린 사람처럼 간신히 긴 숨을 내쉬며 뛰어 일

---

6 마주: 정신을 흐리게 하는 술.

어났다. 다음 순간, 자기 자신도 모르게 방문을 뛰어나온 그는 부엌문을 박차고 들어가 소반 위에 차려놓은 냉수 그릇을 집어 들려 하였다. 그러나 그가 냉수 그릇을 집어 들기 전에 모화의 손에는 식칼이 번득이고 있었고, 모화는 욱이와 물그릇 사이에 식칼을 두르며 조용히 춤을 추고 있는 것이었다.

"엇쇠 귀신하, 물러서라.

너 이제 보아하니 서역 십만 리 굶주리던 잡귀신하,

여기는 영주 비루봉 상상봉혜

깎아지른 돌벼랑혜, 쉰 길 청수혜, 엄나무 발에

너희 올 곳이 아니다.

바른손혜 칼을 들고 왼손혜 불을 들고,

엇쇠 서역 잡귀신하, 썩 물러서라."

이때 모화는 분명히 식칼로 욱이의 면상을 겨누어 치려 하였다. 순간 욱이는 모화의 칼날을 왼쪽 귓전에 느끼며 그의 겨드랑이 밑을 돌아 소반 위에 차려놓은 냉수 그릇을 들어서 모화의 낯에다 그릇째 끼얹었다. 이 서슬에 불이 기울어져 봉창에 붙었다. 욱이는 봉창에서 방 안으로 붙어 들어가는 불길을 잡으려고 부뚜막 위로 뛰어올랐다. 그러자 물그릇을 뒤집어쓰고 분노에 타는 모화는 욱이의 뒤를 쫓아 칼을 두르며 부뚜막으로 뛰어올랐다. 봉창에서 방 안으로 붙어 들어가는 불길을 덮쳐 끄는 순간, 뒷등허리가 찌르르하여 획 몸을 돌이키려 할 때 이미 피투성

이가 된 그의 몸은 허옇게 이를 악물고 웃음 웃는 모화의 품속에
안겨져 있었다.

5

　욱이의 몸은 머리와 목덜미와 등허리에 세 군데 상처를 입
었다.
　그러나 욱이의 병은 이 세 군데 칼로 맞은 상처만이 아니었
다. 그는 날이 갈수록 갈비뼈가 앙상하게 드러나고 두 눈자위가
패어 들기 시작했다.
　모화는 욱이의 병간호에 남은 힘을 다하여 그가 원하는 것이
있으면 낮과 밤을 헤아리지 않고 뛰어갔다. 가끔 욱이를 일으켜
앉히어서 자기의 품에 안아도 주었다. 물론, 약도 쓰고 굿도 하
고 주문도 외웠다. 그러나 욱이의 병은 낫지 않았다.

모화는 욱이의 병간호에 열중한 뒤부터 굿에는 그만큼 신명이 풀린 듯하였다. 누가 굿을 청하러 와도 아들의 병을 핑계로 대개 거절을 했다. 그러자 모화의 굿이나 푸념의 반응이 이전과 같이 신령하지 않다고들 하는 사람이 하나둘씩 생기기도 했다.

이러할 즈음, 이 고을에도 조그만 교회당이 서고 선교사가 들어왔다. 그리하여 그것은 바람에 불처럼 온 고을에 뻗쳤다. 읍내의 교회에서는 마을마다 전도대를 내보냈다. 그리하여 이 모화의 마을에까지 '복음'이 전파되었다.

"여러 부모 형제자매, 우리 서로 보게 된 것 하나님 앞에 감사드릴 것이오. 하나님 우리 만들었소. 매우 사랑했소. 우리 모두 죄인이올시다. 우리 마음속 매우 흉악한 것뿐이오. 그러나 예수 우리 위해 십자가에 못 박혔소. 그러므로 예수 그리스도 믿음으로 우리 구원받을 것이오. 우리 매우 반가운 뜻으로 찬송할 것이오. 하나님 앞에 기도드릴 것이오."

두 눈이 파랗고 콧대가 칼날 같은 미국 선교사를 보는 것은 원숭이 구경보다도 재미나다고들 하였다.

"돈은 한 푼도 안 받는다. 가자."

마을 사람들은 떼를 지어 모여들었다.

이 마을 방 영감네 이종사촌 손자사위요, 선교사와 함께 온 양 조사[7] 부인은 집집마다 심방하여 가로되,

7 조사: 장로교에서, 목사를 도와 전도하는 교직. 또는 그 교직에 있는 사람.

"무당과 판수[8]를 믿는 것은 거룩거룩하시고 절대적 하나밖에 없는 우리 하나님 아버지께 죄가 됩니다. 무당이 무슨 능력이 있습니까. 보십시오, 무당은 썩어빠진 고목나무나, 듣도 보도 못하는 돌미륵한테도 빌고 절을 하지 않습니까. 판수가 무슨 능력이 있습니까. 보십시오, 제 앞도 못 보아 지팡이로 더듬거리는 그가 어떻게 눈 밝은 사람을 구원할 수 있겠습니까. 우리 인생을 만든 것은 절대적 하나밖에 없는 하나님 아버지올시다. 그러므로 아버지께서는 말씀하셨습니다. 내 앞에 다른 신을 두지 말라……."

이리하여 하나님 아버지의 외아들 예수 그리스도가 온갖 사귀 들린 사람, 문둥병 든 사람, 앉은뱅이, 벙어리, 귀머거리 고친 이야기가 한정 없이 쏟아진다.

모화는 픽 웃곤 했다.

"그까짓 잡귀신들."

그러나 그들의 비방과 저주는 뼛골에 사무치는 듯 그녀는 징을 울리고 꽹과리를 치며 외쳤다.

"엇쇠 귀신아, 물러서라.

당대 고축년에 얻어먹던 잡귀신아,

늬 어이 모화를 모르나냐. 아니 가고 봐 하면 쉰 길 청수에 엄나무 발에, 무쇠 가마에, 백말 가죽에 늬 자자손손을 가두어 못

8 판수: 점치는 일을 직업으로 삼는 맹인.

얻어먹게 하고 다시는 세상 밖에 내주지 아니하여 햇빛도 못 보게 할란다. 엇쇠 귀신아, 썩 물러가거라.

서역 십만 리로 꽁무니에 불을 달고,

두 귀에 방울 달고 왈강달강 왈강달강

벼락같이 떠나거라.”

그러나 ‘예수 귀신’들은 결코 물러나지 않았을 뿐 아니라, 점점 늘어만 갔다. 게다가, 옛날 모화에게 굿과 푸념을 빌러 다니던 사람들까지 하나둘씩 모두 예수 귀신이 들기 시작하였다.

이러는 동안 서울서 또 부흥 목사가 내려왔다. 그는 기도를 드려서 병을 고치는 능력이 있다 하여 온 고을 사람들이 모여들기 시작하였다. 그가 병자의 머리 위에 손을 얹고,

“이 죄인은 저의 죄로 말미암아서, 심히 괴로워하고 있사옵니다.”

하고 기도를 올리면, 여자들이 월수병 대하증쯤은 대개 ‘죄씻음’을 받을 수 있었다. 그 밖에도 소경이 눈을 뜨고 앉은뱅이가 걷고, 귀머거리가 듣고, 벙어리가 말하고, 반신불수와 지랄병까지 저희 믿음 여하에 따라 모두 죄씻음을 여자들의 은가락지 금반지가 나날이 수를 다투어 강단 위에 내걸리게 된다, 기부금이 쏟아진다, 이리 되면 모화의 굿 구경에 견줄 나위가 아니라고들 하였다.

“양국놈들이 요술단을 꾸며왔어.”

모화는 픽 웃고 이렇게 말했다. 굿과 푸념으로 사람 속에 든 사귀 잡귀신을 쫓는 것은 지금까지 신령님께서 자기에게만 허락하신 자기의 특수한 권능이었다. 그리고 그의 신령님은 오늘날 예수꾼들이 그렇게도 미워하고 시기하는 고목이기도 했고, 미륵돌이기도 했고, 산이기도 했고, 물이기도 했다.

"무당과 판수를 믿는 것은 절대적 한 분밖에 안 계시는 거룩거룩하신 하나님 아버지께 죄가 됩니다."

예수 귀신들이 나발을 불고 북을 치며 비방을 하면, 모화는 혼자서 징을 울리고 꽹과리를 치며,

"꽁무니에 불을 달고, 두 귀에 방울 달고, 왈강달강 왈강달강, 서역 십만 리로 물러서라, 잡귀신아."

이렇게 응수하곤 했다.

6

욱이가 병은 그해 가을 지나 겨울철에 들면서부터 표 나게 악화되어 갔다. 모화가 가끔 간장이 녹듯 떨리는 음성으로,

"이것아 이것아, 늬가 이게 웬일이고? 머나먼 길에 에미라고 찾아와서 늬가 이게 무슨 꼴고?"

손을 잡고 눈물 흘리면,

"오마니, 너무 걱정하지 마시오. 나는 죽어서 우리 아버지께

로 갈 것이오."

욱이는 조용히 이렇게 말했다. 그리고 무어 생각나는 게 없느냐고 물으면 그는 조용히 고개를 돌렸다. 그러나 어미가 밖에 나가고 낭이가 혼자 있을 때엔 이따금 낭이의 손을 잡고,

"나 성경 한 권 가졌으면……."

하는 것이었다.

이듬해 봄, 그가 세상을 떠나기 사흘 전에 그가 그렇게도 그리워하고 기다리던 현 목사가 평양에서 찾아왔다. 현 목사는 박영감네 이종사촌 손자사위인 양 조사의 인도로 뜰 안에 들어서자, 그 황폐한 광경과 역한 흙냄새가 미간을 찌푸리며,

"이런 가운데서 욱이가 살고 있소?"

양 조사에게 이렇게 물었다.

욱이는 양 조사가 들어오는 것을 보자 두 눈에 광채를 띠며,

"목사님, 목사님."

이렇게 두 번 불렀다.

현 목사는 잠자코 욱이의 여윈 손을 쥐었다. 별안간 그의 온 얼굴은 물든 것처럼 붉어지며 무수한 주름살이 미간과 눈꼬리에 잡혔다. 그는 솟아오르는 감정을 누르려는 듯이 한참 동안 눈을 감고 있었다.

양 조사는 긴장된 침묵을 깨뜨리려는 듯이 입을 열었다.

"경주에 교회가 이렇게 속히 서게 된 것은 이분의 공로올시다."

　그리하여 그의 말을 들으면, 욱이는 평양 현 목사에게 진정을 했고, 현 목사께서는 욱이의 편지에 의하여 대구 노회에 간청을 했고, 일방 경주 교인들은 욱이의 힘으로 서로 합심하여 대구 노회와 연락한 결과, 의외로 속히 교회 공사가 진척되었던 것이라 하였다.

　현 목사가 의사와 함께 다시 오기를 약속하고 일어나려 할 때, 욱이는,

　"목사님, 나 성경 한 권만 사주시오."

　했다.

　현 목사는 손가방 속에서 자기의 성경책을 내주었다. 성경책을 받아 쥔 욱이는 그것을 가슴에 안고 눈을 감았다. 그의 감은 눈에서는 이슬방울이 맺히었다.

7

　모화 집 마당에는 예년과 다름없이 잡풀이 엉기고 늙은 개구리와 지렁이들이 그 속에 웅크리고 있었다. 그녀는 그동안 거의 굿을 나가지 않고, 매일 그 찌그러져가는 묵은 기와집, 잡초 속에서 혼자서 징, 꽹과리만 울리고 있었다. 사람들은 모화가 인제 아주 미친 것이라 하였다. 모화는 부엌에다 오색 헝겊을 걸고, 낭이의 그림으로 기를 만들어 달고는, 사뭇 먹기조차 잊어버린 채 입술은 먹같이 검어지고 두 눈엔 날로 이상한 광채가 짙어갔다.

　"서역 십만 리 예수 귀신 돌아간다.

　꽁무니에 불을 달고, 두 귀에 방울 달고 왈강달강 왈강달강,

　엇쇠 귀신아 썩 물러거가라.

　자늬 아니 가고 봐 하면, 쉰 길 청수에, 엄나무 발에, 무쇠 가

마에, 흰말 가죽에, 너이 자자손손을 다 가두어 죽일란다. 엇쇠!
귀신아!"

　그녀는 날마다 같은 푸념으로 징, 꽹과리를 울렸다. 혹 술잔
이나 가지고 이웃사람이 찾아가,

　"모화네, 아들 죽고 섭섭해서 어쩌나?"

　하면 그녀는 다만,

　"우리 아들은 예수 귀신이 잡아갔소."

　하고 한숨을 내쉬곤 했다.

　"아까운 모화 굿을 언제 또 볼꼬?"

　사람들은 모화를 아주 실신한 사람으로 치고 이렇게 아까워
하곤 했다. 이러할 즈음에 모화의 마지막 굿이 열린다는 소문이
났다. 읍내 어느 부잣집 며느리가 '예기소'에 몸을 던진 것이었
다. 그래 모화는 비단 옷 두 벌을 받고 특별히 굿을 응낙했다는
말도 났다. 그리고 이와 동시에 모화가 이번 굿에서 딸 낭이의
입을 열게 할 계획이라는 소문이 났다.

　"흥, 예수 귀신이 진짠가 신령님이 진짠가 두고 보지."

　이렇게 장담했다는 것이다. 사람들은 기대와 호기심에 들끓
었다. 그들은 놀랍고 아쉬운 마음으로 산을 넘고 물을 건너 모여
들었다.

　굿이 열린 백사장 서북쪽으로는 검푸른 소⁹ 물이 깊은 비밀과

9 소: 땅바닥이 우묵하게 뭉떵 빠지고 늘 물이 괴어 있는 곳.

원한을 품은 채 조용히 굽이돌아 흘러내리고 있었다. (명주구리

하나 들어간다는 이 깊은 소에는 해마다 사람이 하나씩 빠져 죽기 마련이

라는 전설이 있다.)

　백사장 위에는 수많은 엿장수, 떡장수, 술가게, 밥 가게 들이

포장을 치고, 혹은 거적을 두르고 득실거렸고, 그 한복판 큰 차

일 속에서 굿은 벌어져 있었다. 청사, 홍사, 녹사, 백사, 황사의

오색사 초롱이 꽃송이같이 여기저기 차일 아래 달리고 그 초롱

불 밑에서 떡시루, 탁주 동이, 돼지 통새미 들이 온 시루, 온 동이, 온 마리째 놓인 대감상, 무더기 쌀과 타래실과 곶감 꼬치, 두부를 놓은 제석상과, 삼색 실과에 백설기와 소채 소탕에 자반, 유과들을 차려놓은 미륵상과, 열두 가지 산채로 된 산신상과, 열두 가지 해물을 차린 용신상과, 음식이란 음식마다 한 접시씩 놓은 골목상과, 냉수 한 그릇만 놓은 모화상과 이 밖에도 여러 가지 크고 작은 전물상들이 쭉 늘어놓아져 있었다.

이날 밤 모화의 얼굴에는 평소에 볼 수 없던 정숙하고 침착한 빛이 서려 있었다. 어제같이 아들을 잃고 또 새로 들어온 예수교 도들로부터 가지각색 비방과 구박을 받아오던 그녀로서는 의아스러우리만큼 새침하게 가라앉아 있어, 전날 달밤으로 산에 기도를 다닐 적의 얼굴을 연상케 했다. 그녀는 전날과 같이 여러 사람 앞에서 아양을 부리거나 수선을 떨지도 않았다. 그러나 그녀는 그 호화스러운 전물상들을 둘러보고도 만족한 빛 한번 띠지 않고, 도리어 비웃듯이 입을 비쭉거렸다.

"더러운 년들, 전물상만 차리면 그만인가."

입 밖에 내어놓고 빈정거리기까지 하였다. 그러자 자리에서는 모화가 오늘 밤 새로운 귀신이 지핀다고들 수군거리기 시작했다. 그 가운데 한 여자가 돌연히,

"아, 죽은 김씨 혼신이 덮였군."

하자 다른 여자들도,

"바로 그 김씨가 들렸다. 저 청승맞도록 정숙하고 새침한 얼굴 좀 봐라. 그리고 모화네가 본디 어디 저렇게 이뻤나, 아주 김

씨를 덮어썼구면."

이렇게들 수군댔다. 이와 동시, 한쪽에서는 오늘 밤 굿으로 어쩌면 정말 낭이가 말을 하게 될 게라는 얘기도 퍼졌고, 또 한쪽에서는 낭이가, 누구 아이인지는 모르지만 배가 불러 있다는 풍설도 돌았다. ……하여간 이 여러 가지 소문들이 오늘 밤 굿으로 해결이 날 것이라고 막연히 그녀들은 믿고 있는 것이었다.

모화는 김씨 부인이 처음 태어났을 때부터 물에 빠져 죽을 때까지의 사연을 한참씩 넋두리하다가는 전악들의 젓대, 피리, 해

금에 맞추어 춤을 덩실거렸다. 그녀의 음성은 언제보다도 더 구슬펐고 몸뚱이는 뼈도 살도 없는 율동으로 화한 듯 너울거렸고 ……취한 양, 얼이 빠진 양 구경하는 여인들의 숨결은 모화의 쾌잣자락만 따라 오르내렸다. 모화의 쾌잣자락은 모화의 숨결을 따라 나부끼는 듯했고, 모화의 숨결은 한 많은 김씨 부인의 혼령을 받아 청승에 자지러진 채, 비밀을 품고 조용히 굽이돌아 흐르는 예기소의 강물과 함께 자리를 옮겨가는 하늘의 별들을 삼킨 듯했다.

밤중이나 되어서였다.

혼백이 건져지지 않는다는 것이었다. 화랑이들과 작은 무당들이 몇 번이나 초망자(招亡者) 줄에 밥그릇을 달아 물속에 던져도 밥그릇 속에 죽은 사람의 머리카락이 들어오지 않는 것으로 보아 김씨가 초혼에 응하질 않는 모양이라 하였다.

작은 무당 하나가 초조한 낯빛으로 모화의 귀에 입을 바짝

대며,

　　"여태 혼백을 못 건져서 어떡해?

　　하였다.

　　모화는 조금도 서둘지 않고 오히려 당연하다는 듯이 손수 넋
대를 잡고 물가로 들어섰다.

　　초망자 줄을 잡은 화랑이는 넋대가 가리키는 방향으로 이리

저리 초혼 그릇을 물속에 굴렸다.

"일어나소 일어나소,

서른세 살 월성 김씨 대주 부인,

방성으로 태어날 때 칠성에 복을 빌어."

모화는 넋대로 물을 휘저으며 진정 목이 멘 소리로 혼백을 불렀다.

"꽃같이 피난 몸이 옥같이 자란 몸이,

양친 부모도 생존이요, 어린 자식 뉘어두고,

검은 물에 뛰어들 제 용신님도 외면이라,

치마폭이 봉긋 떠서 연화대를 타단 말가,

삼단머리 흐트러져 물귀신이 되단 말가."

모화는 넋대를 따라 점점 깊은 물속으로 들어갔다. 옷이 물에 젖어 한 자락 몸에 휘감기고, 한 자락 물에 떠서 나부꼈다. 검은 물은 그녀의 허리를 잠그고, 가슴을 잠그고, 점점 부풀어 오른다.

그녀는 차츰 목소리가 멀어지며 넋두리도 허황해지기 시작했다.

"가자시라 가자시라 이수중분 백로주로,

불러주소 불러주소 우리 성님 불러주소,

봄철이라 이 강변에 복숭아꽃이 피그덜랑,

소복 단장 낭이 따님 이내 소식 물어주소,

첫 가지에 안부 묻고, 둘째 가……."

할 즈음, 모화의 몸은 그 넋두리와 함께 물속에 아주 잠겨버렸다.

처음엔 쾌잣자락이 보이더니 그것마저 잠겨버리고, 넋대만 물 위에 빙빙 돌다가 흘러내렸다.

열흘쯤 지난 뒤다.

동해변 어느 길목에서 해물 가게를 보고 있다던 체수 조그만 사내가 나귀 한 마리를 몰고 왔을 때, 그때까지 아직 몸이 완쾌하지 못한 낭이가 퀭한 눈으로 자리에 누워 있었다.

사내는 낭이에게 흰죽을 먹이기 시작했다.

"아버으이."

낭이는 그 아버지를 보자 이렇게 소리를 내어 불렀다. 모화의 마지막 굿이 떠돌던 예언대로 영검을 나타냈는지 그녀의 말소리는 전에 없이 알아들을 만도 했다.

다시 열흘이 지났다.

"여기 타라."

사내는 손으로 나귀를 가리켰다.

"……."

낭이는 잠자코 그 아버지가 시키는 대로 나귀 위에 올라앉았다.

그네들이 떠난 뒤엔 아무도 그 집을 찾아오는 사람이 없었고, 밤이면 그 무성한 잡풀 속에서 모기들만이 떼를 지어 울었다.

김유정

봄
봄

"성례시켜 달라지 뭘 어떡해."
하고 되알지게 쏘아붙이고
얼굴이 빨개져서 산으로 그저 도망질을 친다.
나는 잠시 동안 어떻게 되는 심판인지 맥을 몰라서
그 뒷모양만 덤덤히 바라보았다.

"장인님! 인제 저⋯⋯."

내가 이렇게 뒤통수를 긁고 나이가 찼으니 성례[1]를 시켜줘야 하지 않겠느냐고 하면 대답이 늘,

"이 자식아! 성례구 뭐구 미처 자라야지!"

하고 만다.

이 자라야 한다는 것은 내가 아니라 장차 내 아내가 될 점순이의 키 말이다.

내가 여기에 와서 돈 한 푼 안 받고 일하기를 삼 년 하고 꼬박이 일곱 달 동안을 했다. 그런데도 미처 못 자랐다니까 이 키는

---

1 성례: 혼인의 예식을 지냄.

언제야 자라는 겐지 짜장 영문 모른다. 일을 좀 더 잘해야 한다든지, 혹은 밥을(많이 먹는다고 노상 걱정이니까) 좀 덜 먹어야 한다든지 하면 나도 얼마든지 할 말이 많다. 하지만 점순이가 안직 어리니까 더 자라야 한다는 여기에는 어째 볼 수 없이 고만 벙벙하고[2] 만다.

이래서 나는 애초 계약이 잘못된 걸 알았다. 이태면 이태, 삼 년이면 삼 년, 기한을 딱 작정하고 일을 했어야 할 것이다. 덮어놓고 딸이 자라는 대로 성례를 시켜주마 했으니 누가 늘 지키고 섰는 것도 아니고, 그 키가 언제 자라는지 알 수 있는가. 그리고 난 사람의 키가 무럭무럭 자라는 줄만 알았지, 붙배기 키에 모로만 벌어지는 몸도 있는 것을 누가 알았으랴. 때가 되면 장인님이

2 벙벙하다: 어리둥절하여 얼빠진 사람처럼 멍하다.

어련하랴 싶어서 군소리 없이 꾸벅꾸벅 일만 해왔다. 그럼 말이
다, 장인님이 제가 다 알아차려서,

"어 참, 너 일 많이 했다. 고만 장가들어라."

하고 살림도 내주고 해야 나도 좋을 것이 아니냐. 시치미를
딱 떼고 도리어 그런 소리가 나올까 봐서 지레 펄펄 뛰고 이 야
단이다. 명색이 좋아 데릴사위지 일하기에 싱겁기도 할뿐더러
이건 참 아무것도 아니다.

숙맥이 그걸 모르고 점순이의 키 자라기만 까맣게 기다리지
않았나.

언젠가는 하도 갑갑해서 자를 가지고 덤벼들어서 그 키를 한
번 재볼까 했다마는 우리는 장인님이 내외를 해야 한다고 해서
마주 서 이야기도 한마디 하는 법 없다. 우물길에서 어쩌다 마주

칠 적이면 겨우 눈어림으로 재보고 하는 것인데, 그럴 적마다 나는 저만큼 가서,

"제에미, 키두!"

하고 논둑에다 침을 퉤하고 뱉는다. 아무리 잘 봐야 내 겨드랑(다른 사람보다 좀 크긴 하지만) 밑에서 넘을락 말락 밤낮 요 모양이다.

개돼지는 푹푹 크는데 왜 이리도 사람은 안 크는지, 한동안 머리가 아프도록 궁리도 해보았다. 아하, 물동이를 자꾸 이니까 뼈다귀가 움츠러드나 보다, 하고 내가 넌짓 그 물을 대신 길어도 주었다. 뿐만 아니라, 나무를 하러 가면 서낭당에 돌을 올려놓고,

"점순이의 키 좀 크게 해줍소사. 그러면 담엔 떡 갖다놓고 고사드립죠니까."

하고 치성도 한두 번 드린 것이 아니다. 어떻게 돼먹은 킨지

이래도 막무가내니……. 그래 내 어저께 싸운 것이지 결코 장인
님이 밉다든가 해서가 아니다.

　모를 붓다가 가만히 생각을 해보니까 또 싱겁다. 이 벼가 자
라서 점순이가 먹고 좀 큰다면 모르지만 그렇지도 못한 걸 내 심
어서 뭘 하는 거냐. 해마다 앞으로 축 거불지는³ 장인님의 아랫
배(너무 먹는 걸 모르고 속병이라나, 그 배)를 불리기 위하여 심곤 조
금도 싶지 않다.

　"아이구 배야!"

　난 몰 붓다 말고 배를 쓰다듬으면서 그대로 논둑으로 기어올
랐다. 그리고 겨드랑에 꼈던 벼 담긴 키⁴를 그냥 땅바닥에 털썩

3 거불지다: 둥글고 두두룩하게 툭 비어져 나오다.
4 키: 곡식 따위를 까불러 쭉정이나 티끌을 골라내는 도구.

떨어치며 나도 털썩 주저앉았다. 일이 암만 바빠도 나 배 아프면 고만이니까. 아픈 사람이 누가 일을 하느냐. 파릇파릇 돋아 오른 풀 한 숲을 뜯어 들고 다리의 거머리를 쑥쑥 문대며 장인님의 얼굴을 쳐다보았다.

논 가운데서 장인님도 이상한 눈을 해가지고 한참 날 노려보더니,

"너 이 자식, 왜 또 그래 응?"

"배가 좀 아파서유!"

하고 풀 위에 슬며시 쓰러지니까 장인님은 약이 올랐다. 저도 논에서 철벙철벙 둑으로 올라오더니 잡은 참 내 멱살을 움켜잡고 뺨을 치는 것이 아닌가!

"이 자식아, 일허다 말면 누굴 망해놀 셈속이냐. 이 대가릴 까

놀 자식?"

우리 장인님은 약이 오르면 이렇게 손버릇이 아주 못됐다. 또 사위에게 이 자식 저 자식 하는 이놈의 장인님은 어디 있느냐. 오죽해야 우리 동리에서 누굴 막론하고 그에게 욕을 안 먹는 사람은 명이 짜르다 한다. 조그만 아이들까지도 그를 돌려세워놓고 욕필이(본 이름이 봉필이니까), 욕필이, 하고 손가락질을 할 만치 두루 인심을 잃었다. 허나 인심을 정말 잃었다면 욕보다 읍의 배 참봉댁 마름[5]으로 더 잃었다. 번히[6] 마름이란 욕 잘하고, 사람 잘 치고, 그리고 생김 생기길 호박개[7] 같아야 쓰는 거지만 장인님은 외양이 똑 됐다. 작인[8]이 닭 마리나 좀 보내지 않는다든가 애벌논[9] 때 품을 좀 안 준다든가 하면 그해 가을에는 영락없이 땅이 뚝뚝 떨어진다. 그러면 미리부터 돈도 먹이고 술도 먹이고 안달재신[10]으로 돌아치던 놈이 그 땅을 슬쩍 돌려 안는다. 이 바람에 장인님 집 외양간에는 눈깔 커다란 황소 한 놈이 절로 엉금엉금 기어들고 동리 사람들은 그 욕을 다 먹어가면서도 그래도 굽신굽신하는 게 아닌가.

5 마름: 지주를 대리하여 소작권을 관리하는 사람.
6 번히: 어떤 일의 결과나 상태 따위가 훤하게 들여다보이듯이 분명하게.
7 호박개: 뼈대가 굵고 털이 북슬북슬한 개.
8 작인: 소작인. 다른 사람의 농지를 빌려 농사를 짓고 그 대가로 사용료를 지급하는 사람.
9 애벌논: 여러 번의 김매기 중 첫 김매기를 한 논.
10 안달재신: 몹시 속을 태우며 여기저기로 다니는 사람.

그러나 내겐 장인님이 감히 큰소리할 계제[11]가 못 된다.

뒷생각은 못하고 뺨 한 대를 딱 때려놓고는 장인님은 무색해서 덤덤히 쓴 침만 삼킨다. 난 그 속을 퍽 잘 안다. 조금 있으면 갈도 꺾어야 하고 모도 내야 하고, 한참 바쁜 때인데 나 일 안 하고 우리 집으로 그냥 가면 고만이니까.

작년 이맘때도 트집을 좀 하니까 늦잠 잔다구 돌멩이를 집어 던져서 자는 놈의 발목을 삐게 해놨다. 사날씩이나 건숭 끙끙, 앓았더니 종당에는 거반[12] 울상이 되지 않았던가.

"애, 그만 일어나 일 좀 해라. 그래야 올 갈에 벼 잘되면 너 장가들지 않니."

그래 귀가 번쩍 뜨여서 그날로 일어나서 남이 이틀 품 들일 논을 혼자 삶아[13] 놓으니까 장인님도 눈깔이 커다랗게 놀랐다. 그럼 정말로 가을에 와서 혼인을 시켜줘야 원 경우가 옳지 않겠나. 볏섬을 척척 들여쌓아도 다른 소리는 없고 물동이를 이고 들어오는 점순이를 담배통으로 가리키며,

"이 자식아, 미처 커야지. 조것을 무슨 혼인을 한다구 그러니, 원!"

하고 남 낯짝만 붉게 해주고 고만이다.

---

11 계제: 어떤 일을 할 수 있게 된 형편이나 기회.
12 거반: 거지반. 거의 절반.
13 삶다: 논밭의 흙을 써레로 썰고 나래로 골라 노글노글하게 만들다.

　골김[14]에 그저 이놈의 장인님, 하고 댓돌에다 메어꽂고 우리 고향으로 내뺄까 하다가 꾹꾹 참고 말았다.

　참말이지 난 이 꼴 하고는 집으로 차마 못 간다. 장가를 들러 갔다가 오죽 못났어야 그대로 쫓겨왔느냐고 손가락질을 받을 테니까…….

　논둑에서 벌떡 일어나 한풀 죽은 장인님 앞으로 다가서며,

　"난 갈 테야유, 그동안 사경[15] 쳐내슈, 뭐."

　"너 사위로 왔지, 어디 머슴 살러 왔니?"

　"그러면 얼찐 성례를 해줘야 안 하지유. 밤낮 부려만 먹구 해준다, 해준다……."

---

14 골김: 비위에 거슬리거나 마음이 언짢아서 성이 나는 김.
15 사경: 새경. 머슴이 주인에게서 한 해 동안 일한 대가로 받는 돈이나 물건.

"글쎄, 내가 안 하는 거냐, 그년이 안 크니까……."

하고 어름어름 담배만 담으면서 하는 소리를 또 늘어놓는다.

이렇게 따져나가면 언제든지 늘 나만 밑지고 만다. 이번엔 안 된다, 하고 대뜸 구장님한테로 판단 가자고 소맷자락을 내끌 었다.

"아, 이 자식이 왜 이래 어른을."

안 간다고 뻗디디고 이렇게 호령을 제 맘대로 하지만 장인님 제가 내 기운을 못 당한다. 막 부려 먹고 딸은 안 주고, 게다 땅 땅 치는 건 다 뭐야…….

그러나 내 사실 참 장인님이 미워서 그런 것은 아니다.

그 전날, 왜 내가 새고개 맞은 봉우리 화전 밭을 혼자 갈고 있 지 않았느냐. 밭 가생이로 돌 적마다 야릇한 꽃내가 물컥물컥 코를 찌르고 머리 위에서 벌들은 가끔 붕, 붕, 소리를 친다. 바위틈에서 샘물 소리밖에 안 들리는 산골짜기니까 맑은 하늘의 봄볕은 이불 속같이 따스하고 꼭 꿈꾸는 것 같다. 나는 몸이 나른하고(몸살은 아직 모르지만) 병이 날려구 그러는지 가슴이 울렁울렁하고 이랬다.

"이러이! 말이! 맘 마 마……."

이렇게 노래를 하며 소를 부리면 여느 때 같으면 어깨가 으쓱으쓱한다. 웬일인지 밭을 반도 갈지 않아서 온몸이 맥이 풀리고 대구 짜증만 난다. 공연히 소만 들입다 두들기며,

"안야! 안야! 망할 자식의 소(장인님의 소니까), 대리를 꺾어들라."

그러나 내 속은 정말 안야 때문이 아니라 점심을 이고 온 점순이의 키를 보고 울화가 났던 것이다.

점순이는 뭐 그리 썩 예쁜 계집애는 못된다. 그렇다고 또 개떡이냐 하면 그런 것도 아니고, 꼭 내 아내가 돼야 할 만치 그저 툽툽하게[16] 생긴 얼굴이다. 나보다 십 년이 아래니까 올해 열여섯인데 몸은 남보다 두 살이나 덜 자랐다. 남은 잘도 훤칠히들 크건만 이건 위아래가 뭉툭한 것이 내 눈에는 헐없이 감참외 같다. 참외 중에는 감참외가 제일 맛 좋고 이쁘니까 말이다. 둥글

---

16 툽툽하다: 생김새가 멋이 없고 투박하다.

고 커단 눈은 서글서글하니 좋고 좀 지쳐 찢어졌지만 입은 밥술이나 톡톡히 먹음직하니 좋다. 아따, 밥만 많이 먹게 되면 팔자는 고만 아니냐. 헌데 한 가지 파[17]가 있다면 가끔 가다 몸이(장인님이 이걸 채신이 없이 들까분다고 하지만) 너무 빨리빨리 논다. 그래서 밥을 나르다가 때 없이 풀밭에다 깨빡을 쳐 흙투성이 밥을 곧잘 먹는다. 안 먹으면 무안해 할까 봐서 이걸 씹고 앉았노라면 으적으적 소리만 나고 돌을 먹는 겐지 밥을 먹는 겐지…….

그러나 이날은 웬일인지 성한 밥째로 밭머리에 곱게 내려놓았다. 그리고 또 내외를 해야 하니까 저만큼 떨어져 이쪽으로 등을 향하고 웅크리고 앉아서 그릇 나기를 기다린다.

17 파: 사람의 결점.

　내가 다 먹고 물러섰을 때, 그릇을 챙기는데 난 깜짝 놀라지 않았느냐. 고개를 푹 숙이고 밥 함지에 그릇을 포개면서 날더러 들으라는지, 혹은 제 소린지,

　"밤낮 일만 하다 말 텐가!"

　하고 혼자서 쫑알거린다. 고대[18] 잘 내외하다가 이게 무슨 소린가, 하고 난 정신이 얼떨떨했다. 그러면서도 한편 무슨 좋은 수나 없는가 싶어서 나도 공중을 대고 혼잣말로,

　"그럼 어떡해?"

　하니까,

　"성례시켜 달라지 뭘 어떡해."

18 고대: 이제 막.

하고 되알지게 쏘아붙이고 얼굴이 빨개져서 산으로 그저 도 망질을 친다.

나는 잠시 동안 어떻게 되는 심판[19]인지 맥을 몰라서 그 뒷모 양만 덤덤히 바라보았다.

봄이 되면 온갖 초목이 물이 오르고 싹이 트고 한다. 사람도 아마 그런가 보다, 하고 며칠 내에 부쩍 자란 듯싶은 점순이가 여간 반가운 것이 아니다.

이런 걸 멀쩡하게 안직 어리다구 하니까…….

우리가 구장님을 찾아갔을 때 그는 사립문 밖에 있는 돼지우 리에서 죽을 퍼주고 있었다. 서울엘 좀 갔다 오더니 사람은 점잖 아야 한다고 웃쉼이(얼른 보면 지붕 위에 앉은 제비 꼬랑지 같다) 양쪽 으로 뾰죽이 삐치고 그걸 에헴, 하고 늘 쓰담는 손버릇이 있다.

19 심판: '셈판(어떤 일이나 사실의 원인. 또는 그런 형편)'의 방언

우리를 멀뚱히 쳐다보고 미리 알아챘는지,

"왜 일들 허다 말구 그래?"

하더니 손을 올려서 그 에헴을 한 번 후딱 했다.

"구장님! 우리 장인님과 츰에 계약하기를……."

먼저 덤비는 장인님을 뒤로 떠다밀고 내가 허둥지둥 달려들다가 가만히 생각하고,

"아니, 우리 빙장[20]님과 츰에."

하고 첫 번부터 다시 말을 고쳤다. 장인님은 빙장님, 해야 좋아하고 밖에 나와서 장인님, 하면 괜스레 골을 내려고 든다. 뱀도 뱀이래야 좋으냐구, 창피스러우니 남 듣는 데는 제발 빙장님, 빙모님, 하라구 일상 당조짐[21]을 받아오면서 난 그것두 자꾸 잊는다. 당장도 장인님, 하다 옆에서 내 발등을 꾹 밟고 곁눈질을 흘기는 바람에야 겨우 알았지만…….

구장님도 내 이야기를 자세히 듣더니 퍽 딱한 모양이었다. 하기야 구장님뿐만 아니라 누구든지 다 그럴 게다. 길게 길러둔 새끼손톱으로 코를 후벼서 저리 탁 튀기며,

"그럼 봉필 씨! 얼른 성례를 시켜주구려, 그렇게까지 제가 하구 싶다는걸!"

하고 내 짐작대로 말했다. 그러나 이 말에 장인님이 삿대질로

20 빙장: 다른 사람의 장인(丈人)을 이르는 말.
21 당조짐: 정신을 차리도록 단단히 단속하고 조임.

눈을 부라리고,

"아 성례구 뭐구 계집애년이 미처 자라야 할 게 아닌가?"

하니까 고만 멀쑤룩해서[22] 입맛만 쩍쩍 다실 뿐이 아닌가.

"그것두 그래!"

"그래, 거진 사 년 동안에도 안 자랐다니 그 킨 언제 자라지유? 다 그만두구 사경 내슈……."

"글쎄, 이 자식아! 내가 크질 말라구 그랬니, 왜 날 보구 떼냐?"

"빙모님은 참새만 한 것이 그럼 어떻게 앨 낳지유?(사실 장모님은 점순이보다도 귓배기 하나가 작다.)"

장인님은 이 말을 듣고 껄껄 웃더니(그러나 암만 해두 돌 씹은 상이다) 코를 푸는 척하고 날 은근히 골리려고 팔꿈치로 옆 갈비께를 퍽 치는 것이다.

더럽다. 나두 종아리의 파리를 쫓는 척하고 허리를 구부리며 그 궁둥이를 콱 떼밀었다. 장인님은 앞으로 우찔근하고 싸리문께로 쓰러질 듯하다 몸을 바로 고치더니 눈총을 몹시 쏘았다. 이런 상년의 자식, 하곤 싶으나 남의 앞이라서 차마 못하고 섰는 그 꼴이 보기에 퍽 쟁그러웠다[23].

그러나 이밖에는 별반 신통한 귀정[24]을 얻지 못하고 도로 논

22 멀쑤룩하다: '머쓱하다'의 방언.
23 쟁그럽다: 쟁글쟁글하다. 미운 사람의 실수를 보아 아주 고소하다.
24 귀정: 그릇되었던 일이 바른길로 돌아옴.

으로 돌아와서 모를 부었다. 왜냐면 장인님이 뭐라구 귓속말로 수군수군하고 간 뒤다. 구장님이 날 위해서 조용히 데리고 아래와 같이 일러주었기 때문이다.

"자네 말두 하기야 옳지, 암 나이 찼으니 아들이 급하다는 게 잘못된 말은 아니야. 허지만 농사가 한층 바쁜 때 일을 안 한다든가 집으로 달아난다든가 하면 손해 죄루 그것두 징역을 가거든!(여기에 그만 정신이 번쩍 났다) 왜 요전에 삼포 말서 산에 불 좀 놓았다구 징역 간 거 못 봤나. 제 산에 불을 놓아도 징역을 가는 이땐데 남의 농사를 버려주니 죄가 얼마나 더 중한가. 그리고 자넨 정장[25]을 간대지만(사경 받으러 정장 가겠다 했다) 그러면 괜시리 죄를 들쓰고 들어가는 걸세. 결혼두 그렇지. 법률에 성년이란 게 있는데 스물하나가 돼야지 비로소 결혼을 할 수가 있는 걸세. 자넨 물론 아들이 늦을 걸 염려하지만 점순이루 말하면 이제 겨우 열여섯이 아닌가. 그렇지만 아까 빙장님의 말씀이, 올 갈에는 열 일을 제치고라두 성례를 시켜주겠다 하시니 좀 고마울 겐가. 빨리 가서 모 붓든 거나 마저 붓게, 군소리 말구 어서 가."

그래서 오늘 아침까지 끽소리 없이 왔다. (뭉태의 말은 구장님이 장인님에게 땅 두 마지기 얻어 부치니까 그래 꾀었다고 하지만 난 그렇게 생각 않는다.)

---

25 정장: 소장(訴狀)을 관청에 냄.

장인님과 내가 싸운 것은 지금 생각하면 전혀 뜻밖의 일이라 안 할 수 없다. 장인님으로 말하면 요즈막 작인들에게 행세를 좀 하고 싶다고 해서,

"돈 있으면 양반이지 별 게 있느냐!"

하고 일부러 아랫배를 쑥 내밀고 걸음도 뒤틀리게 걷고 하는 이 판이다. 이까짓 나쯤 두들기다 남의 땅을 가지고 모처럼 닦아 놓았던 가문을 망친다든가 할 어른이 아니다. 또 나로 논지면 아무쪼록 잘 봬서 점순이에게 얼른 장가를 들어야 하지 않느냐…….

이렇게 말하자면, 결국 어젯밤 뭉태네 집에 마실 간 것이 썩 나빴다. 낮에는 구장님 앞에서 장인님과 내가 싸운 것을 어떻게 알았는지 대구 빈정거리는 것이 아닌가.

"그래 맞구두 그걸 가만둬?"

"그럼 어떡허니?"

"임마, 봉필일 모판에다 거꾸로 박아 놓지 뭘 어떡해?"

하고 괜히 내 대신 화를 내 가지고 주먹질을 하다 등잔까지 쳤다. 놈이 본시 괄괄은 하지만 그래 놓고 날더러 석유 값을 물라구 막 지다위[26]를 붙는다. 난 어안이 벙벙해서 잠자코 앉았으니까 저만 연신 지껄이는 소리가,

"밤낮 일만 해주구 있을 테냐?"

26 지다위: 자기의 허물을 남에게 덮어씌움.

"영득이는 일 년을 살구두 장갈 들었는데 넌 사 년이나 살구
두 더 살아야 해?"

"네가 세 번째 사윈 줄이나 아니? 세 번째 사위."

"남의 일이라도 분하다. 이 자식아, 우물에 가 빠져 죽어."

나중에는 겨우 손톱으로 목을 따라고까지 하고, 제 아들같이
함부로 훅딱이었다. 별의별 소리를 다 해서 그대로 옮길 수는 없
으나 그 줄거리는 이렇다…….

우리 장인님 딸이 셋이 있는데 맏딸은 재작년 가을에 시집을
갔다. 정말은 시집을 간 것이 아니라 그 딸도 데릴사위를 해가
지고 있다가 내보냈다. 그런데 딸이 열 살 때부터 열아홉, 즉 십
년 동안에 데릴사위를 갈아들이기를, 동리에선 사위 부자라고

이름이 났지마는 열 놈이란 참 너무 많다. 장인님이 아들은 없고 딸만 있는 고로 그담 딸을 데릴사위를 해올 때까지는 부려먹지 않으면 안 된다. 물론 머슴을 두면 좋지만 그 돈이 드니까, 일

잘하는 놈을 고르느라고 연방 바꿔 들였다. 또 한편 놈들이 욕만
줄창 퍼붓고 심히도 부려먹으니까 밸이 상해서 달아나기도 했
겠지. 점순이는 둘째 딸인데 내가 일테면 그 세 번째 데릴사위

로 들어온 셈이다. 내 담으로 네 번째 놈이 들어올 것을 내가 일도 참 잘하고 그리고 사람이 좀 어수룩하니까 장인님이 잔뜩 붙들고 놓질 않는다. 셋째 딸이 인제 여섯 살, 적어도 열 살은 돼야 데릴사위를 할 테므로 그동안은 죽도록 부려먹어야 된다. 그러니 인제는 속 좀 차리고 장가를 들여달라구 떼를 쓰고 나자빠져라, 이것이다.

나는 건으로 엉, 엉, 하며 귓등으로 들었다. 뭉태는 땅을 얻어 부치다가 떨어진 뒤로는 장인님만 보면 공연히 못 먹어서 으릉거린다. 그것도 장인님이 저 달라고 할 적에 제집에서 위한다는 그 감투(예전에 원님이 쓰던 것이라나, 옆구리에서 뽕뽕 좀먹은 걸레)를 선뜻 주었더라면 그럴 리도 없었던 걸…….

그러나 나는 뭉태란 놈의 말을 전수이[27] 곧이듣지 않았다. 꼭 곧이들었다면 간밤에 와서 장인님과 싸웠지 무사히 있었을 리가 없지 않은가. 그러면 딸에게까지 인심을 잃은 장인님이 혼자 나빴다.

실토이지 나는 점순이가 아침상을 가지고 나올 때까지는 오늘은 또 얼마나 밥을 담았나, 하고 이것만 생각했다. 상에는 된장찌개하고 간장 한 종지, 조밥 한 그릇, 그리고 밥보다 더 수부룩하게 담은 산나물이 한 대접, 이렇다. 나물은 점순이가 틈틈이 해오니까 두 대접이고 네 대접이고 멋대로 먹어도 좋으나

27 전수이: 모두 다.

밥은 장인님이 한 사발 외엔 더 주지 말라고 해서 안 된다. 그런
데 점순이가 그 상을 내 앞에 내려놓으며 제 말로 지껄이는 소
리가,

"구장님한테 갔다 그냥 온담 그래!"

하고 엊그제 산에서와 같이 되우[28] 쫑알거린다. 딴은 내가 더
단단히 덤비지 않고 만 것이 좀 어리석었다, 속으로 그랬다. 나
도 저쪽 벽을 향하여 외면하면서 내 말로,

"안 된다는 걸 그럼 어떡헌담!"

하니까,

"쉼을 잡아채지 그냥 둬, 이 바보야?"

28 되우: 되게. 아주 몹시.

하고 또 얼굴이 빨개지면서 성을 내며 안으로 샐쭉하니[29] 튀어들어가지 않느냐. 이때 아무도 본 사람이 없었기 망정이지 보았다면 내 얼굴이 에미 잃은 황새 새끼처럼 가엾다고 했을 것이다.

사실 이때만치 슬펐던 일이 또 있었는지 모른다. 다른 사람은 암만 못생겼다 해두 괜찮지만 내 아내 될 점순이가 병신으로 본다면 참 신세는 따분하다. 밥을 먹은 뒤 지게를 지고 일터로 가려 하다 도로 벗어 던지고 바깥마당 공석[30] 위에 드러누워서 나는 차라리 죽느니만 같지 못하다 생각했다.

내가 일 안 하면 장인님 저는 나이가 먹어 못 하고 결국 농사 못 짓고 만다. 뒷짐으로 트림을 꿀꺽하고 대문 밖으로 나오다 날보고서,

"이 자식아, 왜 또 이러니?"

"관격[31]이 났어유, 아이구 배야!"

"기껏 밥 처먹고 나서 무슨 관격이야, 남의 농사 버려주면 이 자식아 징역 간다, 봐라!"

"가두 좋아유, 아이구 배야!"

참말 난 일 안 해서 징역 가도 좋다 생각했다. 일후[32] 아들을

---

29 샐쭉하다: 마음에 차지 아니하여서 약간 고까워하는 태도가 드러나다.
30 공석: 빈 멍석.
31 관격: 먹은 음식이 갑자기 체하여 가슴 속이 막히고 위로는 계속 토하며 아래로는 대소변이 통하지 않는 위급한 증상.
32 일후: 뒷날. 시간이 지난 뒤에 올 날.

낳아도 그 앞에서 바보, 바보, 이렇게 별명을 들을 테니까 오늘은 열 쪽이 난대도 결정을 내고 싶었다.

장인님이 일어나라고 해도 내가 안 일어나니까 눈에 독이 올라서 저편으로 힝 하게 가더니 지게막대기를 들고 왔다. 그리고 그걸로 내 허리를 마치 돌 떠넘기듯이 쿡 찍어서 넘기고 넘기고 했다. 밥을 잔뜩 먹어 딱딱한 배가 그럴 적마다 퉁겨지면서 밸창[33]이 꼿꼿한 것이 여간 켕기지 않았다. 그래도 안 일어나니까 이번에는 배를 지게막대기로 위에서 쿡쿡 찌르고 발길로 옆구리를 차고 했다. 장인님은 원체 심술이 궂어서 그렇지만 나도 저만 못하지 않게 배를 채였다. 아픈 것을 눈을 꽉 감고 넌 해라, 난 재미난 듯이 있었으나 볼기짝을 후려갈길 적에는 나도 모르는 결에 벌떡 일어나서 그 수염을 잡아챘다마는 내 골이 난 것이 아니라 정말은 아까부터 부엌 뒤 울타리 구멍으로 점순이가 우리들의 꼴을 몰래 엿보고 있었기 때문이다.

가뜩이나 말 한마디 톡톡히 못한다고 바보라는데 매까지 잠자코 맞는 걸 보면 짜장 바보로 알 게 아닌가. 또 점순이도 미워하는 이까짓 놈의 장인님하곤 아무것도 안 되니까 막 때려도 좋지만 사정 보아서 수염만 채고(제 원대로 했으니까 이때 점순이는 퍽 기뻤겠지) 저기까지 잘 들리도록,

33 밸창: 배알. '창자'를 비속하게 이르는 말.

"이걸 까셀라[34]부다!"

하고 소리를 쳤다.

장인님은 더 약이 바짝 올라서 잡은 참 지게막대기로 내 어깨를 그냥 내리갈겼다. 정신이 다 아찔하다. 다시 고개를 들었을 때 그때엔 나도 온몸에 약이 올랐다. 이 녀석의 장인님을, 하고 눈에서 불이 퍽 나서 그 아래 밭 있는 넝[35] 아래로 그대로 떼밀어 굴려버렸다. 조금 있다가 장인님이 씩, 씩, 하고 한번 해보려고 기어오르는 걸 얼른 또 떼밀어 굴려버렸다.

기어오르면 굴리고 굴리면 기어오르고 이러길 한 너덧 번을 하며 그럴 적마다,

"부려만 먹구 왜 성례 안 하지유!"

나는 이렇게 호령했다. 하지만 장인님이 선뜻 오냐 낼이라도 성례시켜주마, 했으면 나도 성가신 걸 그만두었을지 모른다. 나야 이러면 때린 건 아니니까 나중에 장인 쳤다는 누명도 안 들을 터이고 얼마든지 해도 좋다.

한번은 장인님이 헐떡헐떡 기어서 올라오더니 내 바짓가랑이를 요렇게 노리고서 단박 움켜잡고 매달렸다. 악, 소리를 치고 나는 그만 세상이 다 팽그르 도는 것이,

"빙장님! 빙장님! 빙장님!"

34 까세다: 세차게 치다.
35 넝: 낭떠러지

"이 자식! 잡아먹어라, 잡아먹어!"

"아! 아! 할아버지! 살려줍쇼, 할아버지!"

하고 두 팔을 허둥지둥 내절 적에는 이마에 진땀이 쭉 내솟고 인젠 참으로 죽나 보다 했다. 그래두 장인님은 놓질 않더니 내가 기어이 땅바닥에 쓰러져서 거진 까무러치게 되니까 놓는다. 더럽다, 더럽다. 이게 장인님인가? 나는 한참을 못 일어나고 쩔쩔맸다. 그러나 얼굴을 드니(눈엔 참 아무것도 보이지 않았다) 사지가 부르르 떨리면서 나도 엉금엉금 기어가 장인님의 바짓가랑이를 꽉 움키고 잡아낚았다.

내가 머리가 터지도록 매를 얻어맞은 것이 이 때문이다. 그러나 여기가 또한 우리 장인님이 유달리 착한 곳이다. 여느 사람이면 사경을 주어서라도 당장 내쫓았지, 터진 머리를 불솜[36]으로 손수 지져주고, 호주머니에 희연[37] 한 봉을 넣어주고 그리고,

"올 갈엔 꼭 성례를 시켜주마. 암말 말구 가서 뒷골의 콩밭이나 얼른 갈아라."

하고 등을 뚜덕여줄 사람이 누구냐. 나는 장인님이 너무나 고마워서 어느덧 눈물까지 났다. 점순이를 남기고 인젠 내쫓기려니 하다 뜻밖의 말을 듣고,

"빙장님! 인제 다시는 안 그러겠어유!"

36 불솜: 상처를 소독하기 위하여 불에 그슬린 솜방망이.
37 희연: 일제 강점기 조선총독부 전매국에서 생산 판매했던 담배.

이렇게 맹세를 하며 부랴사랴[38] 지게를 지고 일터로 갔다. 그러나 이때는 그걸 모르고 장인님을 원수로만 여겨서 잔뜩 잡아당겼다.

"아! 아! 이놈아! 놔라, 놔."

장인님은 헛손질을 하며 솔개미에 챈 닭의 소리를 연해 질렀다. 놓긴 왜, 이왕이면 호되게 혼을 내주리라 생각하고 짓궂이 더 댕겼다마는 장인님이 땅에 쓰러져서 눈에 눈물이 피잉 도는 것을 알고 좀 겁도 났다.

"할아버지! 놔라, 놔, 놔, 놔라."

그래도 안 되니까,

"애 점순아! 점순아!"

이 악장에 안에 있었던 장모님과 점순이가 헐레벌떡하고 단숨에 뛰어나왔다.

나의 생각에 장모님은 제 남편이니까 역성을 할는지도 모른다. 그러나 점순이는 내 편을 들어서 속으로 고소해하겠지……. 대체 이게 웬 속인지(지금까지도 난 영문을 모른다) 아버질 혼내주기는 제가 내래놓고 이제 와서는 달겨들며,

"에그머니! 이 망할 게 아버지 죽이네!"

하고, 내 귀를 뒤로 잡아당기며 마냥 우는 것이 아니냐. 그만

---

38 부랴사랴: 매우 부산하고 급하게 서두르는 모양.

여기에 기운이 탁 꺾이어 나는 얼빠진 등신이 되고 말았다. 장모
님도 덤벼들어 한쪽 귀마저 뒤로 잡아채면서 또 우는 것이다.

이렇게 꼼짝도 못하게 해놓고 장인님은 지게막대기를 들어
서 사뭇 내려 조졌다. 그러나 나는 구태여 피하려 하지도 않고
암만해도 그 속을 알 수 없는 점순이의 얼굴만 멀거니 들여다보
았다.

"이 자식! 장인 입에서 할아버지 소리가 나오도록 해?"

현진건

운수 좋은 날

문득 김 첨지는
미칠 듯이 제 얼굴을 죽은 이의 얼굴에
한데 비비대며 중얼거렸다.
"설렁탕을 사다 놓았는데 왜 먹지를 못하니,
왜 먹지를 못하니…….
괴상하게도 오늘은! 운수가 좋더니만……."

새침하게 흐린 품이 눈이 올 듯하더니, 눈은 아니 오고 얼다가 만 비가 추적추적 내리는 날이었다.

이날이야말로 동소문 안에서 인력거꾼 노릇을 하는 김 첨지에게는 오래간만에 닥친 운수 좋은 날이었다. 문 안에(거기도 문 밖은 아니지만) 들어간답시는 앞집 마나님을 전찻길까지 모셔다 드린 것을 비롯하여 행여나 손님이 있을까 하고 정류장에서 어정어정하며 내리는 사람 하나하나에게 거의 비는 듯한 눈길을 보내고 있다가, 마침내 교원인 듯한 양복쟁이를 동광학교까지 태워다 주기로 되었다.

첫 번에 삼십 전, 둘째 번에 오십 전, 아침 댓바람에 그리 흉하지 않은 일이었다. 그야말로 재수가 옴 붙어서 근 열흘 동안 돈

구경도 못한 심 첨지는 십 선짜리 백통화[1] 서 푼, 또는 나섯 푼이 찰깍하고 손바닥에 떨어질 제 거의 눈물을 흘릴 만큼 기뻤었다. 더구나 이날 이때에 이 팔십 전이라는 돈이 그에게 얼마나 유용한지 몰랐다. 컬컬한 목에 모주 한 잔도 적실 수 있거니와 그보다도 앓는 아내에게 설렁탕 한 그릇도 사다 줄 수 있음이었다.

그의 아내가 기침으로 쿨룩거리기는 벌써 달포[2]가 넘었다. 조밥도 굶기를 먹다시피 하는 형편이니 물론 약 한 첩 써본 일이 없다. 구태여 쓰려면 못 쓸 바도 아니로되 그는 병이란 놈에게 약을 주어 보내면 재밀 붙여서 자꾸 온다는 자기의 신조에 어디까지 충실하였다. 따라서 의사에게 보인 적이 없으니 무슨 병인지는 알 수 없으되 반듯이 누워 가지고, 일어나기는커녕 세로 모로도 못 눕는 걸 보면 중증은 중증인 듯. 병이 이토록 심해지기는 열흘 전에 조밥을 먹고 체한 때문이다. 그때도 김 첨지가 오래간만에 돈을 얻어서 좁쌀 한 되와 십 전짜리 나무 한 단을 사다 주었더니 김 첨지의 말에 의지하면 오라질 년이 천방지축으로 냄비에 대고 끓였다. 마음은 급하고 불길은 달지 않아 채 익지도 않은 것을 그 오라질 년이 숟가락은 고만두고 손으로 움켜서 두 뺨에 주먹덩이 같은 혹이 불거지도록 누가 빼앗을 듯이 처박질하더니만 그날 저녁부터 가슴이 땅긴다, 배가 켕긴다고

1 백통화: 백통(구리와 니켈의 합금)으로 만든 돈.
2 달포: 한 달이 조금 넘는 기간.

눈을 홉뜨고 지랄을 하였다. 그때 김 첨지는 열화와 같이 성을
내며,

"에이, 오라질 년, 조롱복'은 할 수가 없어. 못 먹어 병, 먹어
서 병, 어쩌란 말이야! 왜 눈을 바로 뜨지 못해!"

하고 김 첨지는 앓는 이의 뺨을 한 번 후려갈겼다. 홉뜬 눈은
조금 바루어졌건만 이슬이 맺히었다.

김 첨지의 눈시울도 뜨끈뜨끈하였다.

이 환자가 그러고도 먹는 데는 물리지 않았다. 사흘 전부터
설렁탕 국물이 마시고 싶다고 남편을 졸랐다.

3 조롱복: 아주 짧게 타고난 복.

　"이런 오라질 년! 조밥도 못 먹는 년이 설렁탕은, 또 처먹고
지랄병을 하게."

　라고 야단을 처보았건만, 못 사주는 마음이 시원치는 않았
다. 인제 설렁탕을 사줄 수도 있다. 앓는 어미 곁에서 배고파 보
채는 개똥이(세 살 먹이)에게 죽을 사줄 수도 있다. 팔십 전을 손
에 쥔 김 첨지의 마음은 푼푼하였다.

　그러나 그의 행운은 그걸로 그치지 않았다. 땀과 빗물이 섞여
흐르는 목덜미를 기름 주머니가 다 된 광목수건으로 닦으며, 그
학교 문을 돌아 나올 때였다. 뒤에서 '인력거!' 하고 부르는 소리
가 난다.

　자기를 불러 멈춘 사람이 그 학교 학생인 줄 김 첨지는 한번
보고 짐작할 수 있었다. 그 학생은 다짜고짜로,

　"남대문 정거장까지 얼마요?"

　라고 물었다. 아마도 그 학교 기숙사에 있는 이로, 동기 방학
을 이용하여 귀향하려 함이리라. 오늘 가기로 작정은 하였건만
비는 오고 짐은 있고 해서 어찌할 줄 모르다가 마침 김 첨지를
보고 뛰어나왔음이리라. 그렇지 않으면 왜 구두를 채 신지 못해
서 질질 끌고, 비록 '고구라' 양복일망정 노박이로[4] 비를 맞으며

---

4 노박이로: 줄곧 계속적으로.

김 첨지를 뒤쫓아 나왔으랴.

"남대문 정거장까지 말씀입니까?"

하고 김 첨지는 잠깐 주저하였다. 그는 이 우중에 우장도 없이 그 먼 곳을 철벅거리고 가기가 싫었음일까? 처음 것, 둘째 것으로 고만 만족하였음일까? 아니다, 결코 아니다. 이상하게도 꼬리를 맞물고 덤비는 이 행운 앞에 조금 겁이 났음이다. 그리고 집을 나올 제 아내의 부탁이 마음에 켕기었다. 앞집 마나님한테서 부르러 왔을 제 병인[5]은 그 뼈만 남은 얼굴에 유일의 생물 같은 유달리 크고 움푹한 눈에 애걸하는 빛을 띠며,

"오늘은 나가지 말아요. 제발 덕분에 집에 붙어 있어요. 내가 이렇게 아픈데……."

라고, 모기 소리같이 중얼거리고 숨을 걸그렁걸그렁하였다. 그때에 김 첨지는 대수롭지 않은 듯이,

"아따, 젠장맞을 년, 별 빌어먹을 소리를 다 하네. 맞붙들고 앉았으면 누가 먹여 살릴 줄 알아!"

하고 훌쩍 뛰어나오려니까 환자는 붙잡을 듯이 팔을 내저으며,

"나가지 말라도 그래, 그러면 일찍이 들어와요."

하고, 목 메인 소리가 뒤를 따랐다.

5 병인: 병을 앓고 있는 사람.

    정거장까지 가잔 말을 들은 순간에 경련적으로 떠는 손, 유달리 큼직한 눈, 울 듯한 아내의 얼굴이 김 첨지의 눈앞에 어른어른하였다.

    "그래, 남대문 정거장까지 얼마란 말이오?"

    하고 학생은 초조한 듯이 인력거꾼의 얼굴을 바라보며 혼잣말같이,

    "인천 차가 열한 점에 있고, 그다음에는 새로 두 점이던가."

    라고 중얼거린다.

    "일 원 오십 전만 줍시오!"

    이 말이 저도 모를 사이에 불쑥 김 첨지의 입에서 떨어졌다. 제 입으로 부르고도 스스로 그 엄청난 돈 액수에 놀래었다. 한꺼

번에 이런 금액을 불러라도 본 지가 그 얼마 만인가? 그러자 그
돈 벌 용기가 병자에 대한 염려를 사르고 말았다. 설마 오늘 내
로 어떠랴 싶었다. 무슨 일이 있더라도 제일 제이의 행운을 곱친
것보다도 오히려 갑절이 많은 이 행운을 놓칠 수 없다 하였다.

"일 원 오십 전은 너무 과한데."

이런 말을 하며 학생은 고개를 기웃하였다.

"아니올시다. 이수⁶로 치면 여기서 거기가 시오 리가 넘는답
니다. 또 이런 진날에 좀 더 주셔야지요."

하고 빙글빙글 웃는 차부의 얼굴에는 숨길 수 없는 기쁨이 넘
쳐흘렀다.

"그러면 달라는 대로 줄 터이니 빨리 가요."

6 이수(里數): 거리를 '리(里)'의 단위로 나타낸 수.

관대한 어린 손님은 그런 말을 남기고 총총히 옷도 입고 짐도 챙기러 갈 데로 갔다.

그 학생을 태우고 나선 김 첨지의 다리는 이상하게 가뿐하였다. 달음질을 한다느니보다 거의 나는 듯하였다. 바퀴도 어떻게 속히 도는지 구른다느니보다 마치 얼음을 지쳐 나가는 '스케이트' 모양으로 미끄러져가는 듯하였다. 언 땅에 비가 내려 미끄럽기도 하였지만.

이윽고 끄는 이의 다리는 무거워졌다. 자기 집 가까이 다다른 까닭이다. 새삼스러운 염려가 그의 가슴을 눌렀다.

'오늘은 나가지 말아요. 내가 이렇게 아픈데…….'

이런 말이 잉잉 그의 귀에 울렸다. 그리고 병자의 움쑥 들어간 눈이 원망하는 듯이 자기를 노리는 듯하였다. 그러자 엉엉 하고 우는 개똥이의 곡성도 들은 듯싶다. 딸꾹딸꾹 하고 숨 모으는 소리도 나는 듯싶다.

"왜 이러우? 기차 놓치겠구먼."

하고 탄 이의 초조한 부르짖음이 간신히 그의 귀에 들려왔다. 언뜻 깨달으니 김 첨지는 인력거 채를 쥔 채 길 한복판에 엉거주춤 멈춰 있지 않은가.

"예, 예."

하고 김 첨지는 또다시 달음질하였다. 집이 차차 멀어갈수록 김 첨지의 걸음에는 다시금 신이 나기 시작하였다. 다리를 재게

놀려야만 쉴 새 없이 자기의 머리에 떠오르는 모든 근심과 걱정을 잊을 듯이.

정거장까지 끌어다 주고 그 깜짝 놀란 일 원 오십 전을 정말 제 손에 쥐매, 제 말마따나 십 리나 되는 길을 비를 맞아가며 질퍽거리고 온 생각은 아니하고, 거저나 얻은 듯이 고마웠다. 졸부나 된 듯이 기뻤다. 제 자식뻘밖에 안 되는 어린 손님에게 몇 번 허리를 굽히며,

"안녕히 다녀옵시오."

라고 깍듯이 재우쳤다.

그러나 빈 인력거를 털털거리며 이 우중에 돌아갈 일이 꿈밖이었다. 노동으로 하여 흐른 땀이 식어지자 굶주린 창자에서, 물 흐르는 옷에서 어슬어슬 한기가 솟아나기 비롯하매 일 원 오십 전이란 돈이 얼마나 귀찮고 괴로운 것인 줄 절실히 느끼었다. 정거장을 떠나는 그의 발길은 힘 하나 없었다. 온몸이 옹송그려지며 당장 그 자리에 엎어져 못 일어날 것 같았다.

"젠장맞을 것! 이 비를 맞으며 빈 인력거를 털털거리고 돌아를 간담. 이런 빌어먹을, 제 할미를 붙을 비가 왜 남의 상판을 딱딱 때려!"

그는 몹시 화증을 내며 누구에게 반항이나 하는 듯이 게걸거렸다[7]. 그럴 즈음에 그의 머리엔 또 새로운 광명이 비쳤나니, 그

7 게걸거리다: 상스러운 말로 소리를 지르며 불평스럽게 자꾸 떠들다.

것은 '이러구 갈 게 아니라 이 근처를 빙빙 돌며 차 오기를 기다리면 또 손님을 태우게 될는지도 몰라'란 생각이었다. 오늘 운수가 괴상하게도 좋으니까 그런 요행이 또 한 번 없으리라고 누가 보증하랴. 꼬리를 굴리는 행운이 꼭 자기를 기다리고 있다고 내기를 해도 좋을 만한 믿음을 얻게 되었다. 그렇다고 정거장 인력거꾼의 등살이 무서우니 정거장 앞에 섰을 수는 없었다. 그래 그는 이전에도 여러 번 해본 일이라 바로 정거장 앞 전차 정류장에서 조금 떨어지게, 사람 다니는 길과 전찻길 틈에 인력거를 세워놓고 자기는 그 근처를 빙빙 돌며 형세를 관망하기로 하였다. 얼마 만에 기차는 왔고, 수십 명이나 되는 손이 정류장으로 쏟아져 나왔다. 그중에서 손님을 물색하던 김 첨지의 눈엔 양머리에 뒤축 높은 구두를 신고 망토까지 두른 기생퇴물인 듯, 난봉 여학생인 듯한 여편네의 모양이 띄었다. 그는 슬근슬근 그 여자의 곁으로 다가들었다.

"아씨, 인력거 아니 타시랍시오?"

그 여학생인지 뭔지가 한참은 매우 때깔을 빼며 입술을 꼭 다문 채 김 첨지를 거들떠보지도 않았다. 김 첨지는 구걸하는 거지나 무엇같이 연해연방[8] 그의 기색을 살피며,

"아씨, 정거장 애들보담 아주 싸게 모셔다드리겠습니다. 댁이 어디신가요?"

8 연해연방: 끊임없이 잇따라 자꾸.

하고, 추근추근하게도 그 여자의 들고 있는 일본식 버들고리
짝에 제 손을 대었다.

"왜 이래, 남 귀치않게."

소리를 벽력같이 지르고는 돌아선다. 김 첨지는 어럽시요 하
고 물러섰다.

전차는 왔다. 김 첨지는 원망스럽게 전차 타는 이를 노리고

있었다. 그러나 그의 예감은 틀리지 않았다. 전차가 빡빡하게
사람을 싣고 움직이기 시작하였을 제 타고 남은 손이 하나 있었
다. 끙장하게 큰 가방을 들고 있는 걸 보면 아마 붐비는 차 안에
짐이 크다 하여 차장에게 밀려 내려온 눈치였다.

　　김 첨지는 대어 섰다.

　　"인력거를 타시랍시오!"

한동안 값으로 실랑이를 하다가 육십 전에 인사동까지 태워다 주기로 하였다. 인력거가 무거워지매 그의 몸은 이상하게도 가벼워졌고 그리고 또 인력거가 가벼워지니 몸이 다시금 무거워졌건만 이번에는 마음조차 초조해온다. 집의 광경이 자꾸 눈앞에 어른거리어 인제 요행을 바랄 여유도 없었다. 나무 등걸이나 무엇 같고 제 것 같지도 않은 다리를 연해 꾸짖으며 갈팡질팡 뛰는 수밖에 없었다.

저놈의 인력거꾼이 저렇게 술이 취해가지고 이 진 땅에 어찌 가노라고 길 가는 사람이 걱정을 하리만큼 그의 걸음은 황급하였다. 흐리고 비 오는 하늘은 어둠침침하게 벌써 황혼에 가까운 듯하다. 창경원 앞까지 다다라서야 그는 턱에 닿는 숨을 돌리고 걸음도 늦추잡았다. 한 걸음 두 걸음 집이 가까워올수록 그의 마음은 괴상하게 누그러졌다. 그런데 이 누그러짐은 안심에서 오

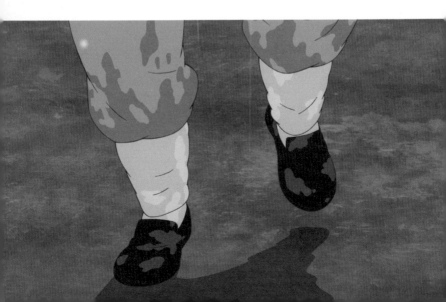

는 게 아니요, 자기를 덮친 무서운 불행을 빈틈없이 알게 될 때가 박두한 것을 두려워하는 마음에서 오는 것이다. 그는 불행이 닥치기 전, 시간을 얼마쯤이라도 늘리려고 버르적거렸다. 기적에 가까운 벌이를 하였다는 기쁨을 할 수 있으면 오래 지니고 싶었다. 그는 두리번두리번 사면을 살피었다. 그 모양은 마치 자기 집, 곧 불행을 향하고 달려가는 제 다리를 제 힘으로는 도저히 어찌할 수 없으니 누구든지 나를 좀 잡아다고, 구해다고 하는 듯하였다.

그럴 즈음에 마침 길가 선술집에서 친구 치삼이가 나온다. 그의 우글우글 살진 얼굴은 주홍이 돋는 듯 온 턱과 뺨을 시커멓게 구레나룻이 덮었거늘, 노르탱탱한 얼굴이 바짝 말라서 여기저기 고랑이 패고 수염도 있대야 턱 밑에만 마치 솔잎 송이를 거꾸로 붙여놓은 듯한 김 첨지의 풍채하고는 기이한 대상을 짓고 있

었다.

"여보게, 김'첨지. 자네 문 안 들어갔다 오는 모양일세그려. 돈 많이 벌었을 테니 한잔 빨리게!"

뚱뚱보는 말라깽이를 보던 맡에 부르짖었다. 그 목소리는 몸짓과 딴판으로 연하고 싹싹하였다. 김 첨지는 이 친구를 만난 게 어떻게 반가운지 몰랐다. 자기를 살려 준 은인이나 무엇같이 고맙기도 하였다.

"자네 벌써 한잔한 모양일세그려. 자네도 재미가 좋아 보이."

하고 김 첨지는 얼굴을 펴서 웃었다.

"아따, 재미 안 좋다고 술 못 먹을 내가. 그런데 여보게, 자네 왼몸이 어째 물독에 빠진 새앙쥐 같은가? 어서 이리 들어와 말리게."

선술집은 훈훈하고 뜨뜻하였다. 추어탕을 끓이는 솥뚜껑을 열 적마다 뭉게뭉게 떠오르는 흰 김, 석쇠에서 빠지짓 빠지짓 구워지는 너비아니 구이며 제육이며 간이며 콩팥이며 북어며 빈대떡…….

이 너저분하게 늘어놓인 안주 탁자에 김 첨지는 갑자기 속이 쓰려서 견딜 수 없었다. 마음대로 할 양이면 거기 있는 모든 먹음먹이[9]를 모조리 깡그리 집어삼켜도 시원치 않았다. 하되 배고픈 이는 우선 분량 많은 빈대떡 두 개를 쪼기로 하고 추어탕을 한 그릇 청하였다. 주린 창자는 음식 맛을 보더니 더욱 비어지며 자꾸자꾸 들이라 하였다. 순식간에 두부와 미꾸리 든 국 한 그릇을 그냥 물같이 들이켜고 말았다. 셋째 그릇을 받아들었을 제 데우던 막걸리 곱빼기 두 잔이 더웠다. 치삼이와 같이 마시자 원원이[10] 비었던 속이라 찌르르 하고 창자에 퍼지며 얼굴이 화끈하였다. 눌러 곱빼기 한 잔을 또 마셨다. 김 첨지의 눈은 벌써 개개풀리기 시작하였다. 석쇠에 얹힌 떡 두 개를 숭덩숭덩 썰어서 볼을 볼록거리며 또 곱빼기 두 잔을 부어라 하였다.

치삼은 의아한 듯이 김 첨지를 보며,

"여보게 또 붓다니, 벌써 우리가 넉 잔씩 먹었네. 돈이 사십

9 먹음먹이: 먹음직한 음식들.
10 원원이: 어떤 사물이 전하여 내려온 그 처음부터. 또는 본디부터.

전일세."

라고 주의시켰다.

"아따 이놈아, 사십 전이 그리 끔찍하냐? 오늘 내가 돈을 막 벌었어. 참 오늘 운수가 좋았느니!"

"그래, 얼마를 벌었단 말인가?"

"삼십 원을 벌었어, 삼십 원을! 이런 젠장맞을, 술을 왜 안 부어……. 괜찮다, 괜찮다, 막 먹어도 상관이 없어. 오늘 돈 산더미같이 벌었는데."

"어, 이 사람 취했군. 그만두세."

"이놈아, 이걸 먹고 취할 내냐. 어서 더 먹어."

하고는 치삼의 귀를 잡아채며 취한 이는 부르짖었다. 그리고 술을 붓는 열다섯 살 됨직한 중대가리에게로 달려들며,

"이놈, 오라질 놈, 왜 술을 붓지 않아."

라고 야단을 쳤다. 중대가리는 히히 웃고 치삼이를 보며 문의하는 듯이 눈짓을 하였다. 주정꾼이 이 눈치를 알아보고 화를 버럭 내며,

"에미를 붙을 이 오라질 놈들 같으니, 이놈 내가 돈이 없을 줄 알고."

라고 하자마자 허리춤을 흠칫흠칫하더니 일 원짜리 한 장을 꺼내어 중대가리 앞에 펄쩍 집어던졌다. 그 사품[11]에 몇 푼 은전

---

11 사품: 어떤 동작이나 일이 진행되는 바람이나 겨를.

이 잘그랑하며 떨어진다.

"여보게, 돈 떨어졌네. 왜 돈을 막 끼었나."

이런 말을 하며 일변 돈을 줍는다. 김 첨지는 취한 중에도 돈
의 거처를 살피는 듯이 눈을 크게 떠서 땅을 내려다보다가 불시
에 제 하는 짓이 너무 더럽다는 듯이 고개를 소스라치자 더욱 성
을 내며,

"봐라 봐! 이 더러운 놈들아, 내가 돈이 없나. 다리 뼉다구를
꺾어놓을 놈들 같으니!"

하고 치삼이가 주워주는 돈을 받아,

"이 원수엣 돈! 이 육시를 할 돈!"

하면서 팔매질을 친다. 벽에 맞아 떨어진 돈은 다시 술 끓이

는 양푼에 떨어지며 정당한 매를 맞는다는 듯이 쨍하고 울었다.

곱빼기 두 잔은 또 부어질 겨를도 없이 말려가고 말았다. 김 첨지는 입술과 수염에 붙은 술을 빨아들이고 나서 매우 만족한 듯이 그 솔잎 송이 수염을 쓰다듬으며,

"또 부어, 또 부어."

라고 외쳤다.

또 한 잔 먹고 나서 김 첨지는 치삼의 어깨를 치며 문득 껄껄 웃는다. 그 웃음소리가 어떻게 컸던지 술집에 있는 이의 눈은 모두 김 첨지에게로 몰리었다. 웃는 이는 더욱 웃으며,

"여보게 치삼이, 내 우스운 이야기 하나 할까? 오늘 손을 태우고 정거장에까지 가지 않았겠나."

"그래서."

"갔다가 그저 오기가 안됐데그려. 그래 전차 정류장에서 어름어름하며 손님 하나를 태울 궁리를 하지 않았나. 거기 마침 마나님이신지 여학생이신지, 요새야 어디 논다니[12]와 아가씨를 구별할 수가 있던가? 망토를 두르고 비를 맞고 서 있겠지. 슬근슬근 가까이 가서 인력거를 타시랍시요 하고 손가방을 받으려니까 내 손을 탁 뿌리치고 홱 돌아서더니만 '왜 남을 이렇게 귀찮게 굴어!' 그 소리야말로 꾀꼬리 소리지, 허허!"

김 첨지는 교묘하게도 정말 꾀꼬리 같은 소리를 내었다. 모든

---

12 논다니: 웃음과 몸을 파는 여자를 속되게 이르는 말.

사람은 일시에 웃었다.

"빌어먹을 깍쟁이 같은 년, 누가 저를 어쩌나. '왜 남을 귀찮게 굴어!' 어이구, 소리가 체신도 없지. 허허!"

웃음소리들은 높아졌다. 그런 그 웃음소리들이 사라지기 전에 김 첨지는 훌쩍훌쩍 울기 시작하였다. 치삼은 어이없이 주정뱅이를 바라보며,

"금방 웃고 지랄을 하더니 우는 건 무슨 일인가?"

김 첨지는 연해 코를 들이마시며,

"우리 마누라가 죽었다네."

"뭐, 마누라가 죽다니, 언제?"

"이놈아, 언제는. 오늘이지."

"예끼 미친놈, 거짓말 말아."

"거짓말은 왜, 참말로 죽었어, 참말로……. 마누라 시체를 집에 뼈들쳐놓고 내가 술을 퍼먹다니, 내가 죽일 놈이야, 죽일 놈이야."

하고 김 첨지는 엉엉 소리를 내어 운다.

치삼은 흥이 조금 깨지는 얼굴로,

"원, 이 사람이 참말을 하나, 거짓말을 하나. 그러면 집으로 가세, 가."

하고 우는 이의 팔을 잡아당기었다.

치삼의 끄는 손을 뿌리치더니 김 첨지는 눈물이 글썽글썽한

눈으로 싱그레 웃는다.

　"죽기는 누가 죽어."

　하고 득의가 양양,

　"죽기는 왜 죽어, 생떼같이 살아만 있단다. 그 오라질 년이 밥을 죽이지. 인제 나한테 속았다."

　하고 어린애 모양으로 손뼉을 치며 웃는다.

　"이 사람이 정말 미쳤단 말인가? 나도 아주머네가 앓는단 말은 들었는데."

　하고 치삼이도 어떤 불안을 느끼는 듯이 김 첨지에게 또 돌아가라고 권하였다.

　"안 죽었어, 안 죽었대도 그래."

김 첨지는 화중을 내며 확신 있게 소리를 질렀으되 그 소리엔 안 죽은 것을 믿으려고 애쓰는 가락이 있었다. 기어이 일 원어 치를 채워서 곱빼기를 한 잔씩 더 먹고 나왔다. 궂은비는 의연히 추적추적 내린다.

김 첨지는 취중에도 설렁탕을 사가지고 집에 다다랐다. 집이라 해도 물론 셋집이요 또 집 전체를 세든 게 아니라 안과 뚝 떨어진 행랑방 한 칸을 빌려든 것인데, 물을 길어 대고 한 달에 일 원씩 내는 터이다.

만일 김 첨지가 주기를 띠지 않았던들 한 발을 대문에 들여놓았을 제 그곳을 지배하는 무시무시한 정적, 폭풍우가 지나간 뒤의 바다 같은 정적에 다리가 떨렸으리라. 쿨룩거리는 기침 소리도 들을 수 없다. 그르렁거리는 숨소리조차 들을 수 없다.

다만 이 무덤 같은 침묵을 깨뜨리는, 깨뜨린다느니보다 한층 더 침묵을 깊게 하고 불길하게 하는 빽빽 하는 그윽한 소리, 어린애의 젖 빠는 소리가 날 뿐이다.

만일 청각이 예민한 이 같으면 그 빽빽 소리는 빨 따름이요, 꿀떡꿀떡하고 젖 넘어가는 소리가 없으니 빈 젖을 빤다는 것도 짐작할는지 모르리라.

혹은 김 첨지도 이 불길한 침묵을 짐작했는지도 모른다. 그렇지 않으면 대문에 들어서자마자 전에 없이,

"이 난장 맞을 년, 남편이 들어오는데 나와보지도 않아. 이 오

라질 년!"

이라고 고함을 친 게 수상하다. 이 고함이야말로 제 몸을 엄습해오는 무시무시한 증을 쫓아버리려는 허장성세[13]인 까닭이다.

하여간 김 첨지는 방문을 왈칵 열었다.

구역을 나게 하는 추기[14] 떨어진 삿자리[15] 밑에서 나온 먼지내, 빨지 않은 기저귀에서 나는 똥내와 오줌내, 가지각색 때가 켜켜이 앉은 옷내, 병인의 땀 썩은 내가 섞인 추기가 무던 김 첨지의 코를 찔렀다.

방 안에 들어서며 설렁탕을 한구석에 놓을 사이도 없이 주정

13 허장성세(虛張聲勢): 실속은 없으면서 큰소리치거나 허세를 부림.
14 추기: 추깃물, 송장이 썩어서 흐르는 물.
15 삿자리: 갈대를 엮어서 만든 자리.

꾼은 목청을 있는 대로 다 내어 호통을 쳤다.

"이 오라질 년, 주야장천 누워만 있으면 제일이야! 남편이 와도 일어나지를 못해."

라는 소리와 함께 발길로 누운 이의 다리를 몹시 찼다. 그러나 발길에 차이는 건 사람의 살이 아니고 나무 등걸과 같은 느낌이 있었다.

이때에 빽빽 소리가 응아 소리로 변하였다. 개똥이가 물었던 젖을 빼어놓고 운다. 운대도 온 얼굴을 찡그려 붙어서 운다는 표정을 할 뿐이다. 응아 소리도 입에서 나는 게 아니고 마치 뱃속에서 나는 듯하였다. 울다가 울다가 목도 잠겼고 또 울 기운조차 시진한[16] 것 같다.

16 시진하다: 기운이 빠져 없어지다.

발로 차도 그 보람이 없는 걸 보자 남편은 아내의 머리맡으로 달려들어 그야말로 까치집 같은 환자의 머리를 꺼들어 흔들며,

"이년아, 말을 해, 말을! 입이 붙었어? 이 오라질 년!"

"……."

"으응, 이것 봐. 아무 말이 없네."

"……."

"으응, 또 대답이 없네, 정말 죽었나버이."

이러다가 누운 이의 흰 창을 덮은, 위로 치뜬 눈을 알아보자마자,

"이 눈깔! 이 눈깔! 왜 나를 바라보지 못하고 천장만 보느냐, 응, 응?"

하는 말끝에는 목이 메었다.

그러자 산 사람의 눈에서 떨어진 닭똥 같은 눈물이 죽은 이의 뻣뻣한 얼굴을 어룽어룽 적시었다.

문득 김 첨지는 미칠 듯이 제 얼굴을 죽은 이의 얼굴에 한데 비비대며 중얼거렸다.

"설렁탕을 사다 놓았는데 왜 먹지를 못하니, 왜 먹지를 못하니……. 괴상하게도 오늘은! 운수가 좋더니만……."